아침을여는행복뉴스

행복한 하루
즐거운 오늘

KB193073

아침을 여는 행복뉴스

행복한 하루
즐거운 오늘

우중식 엮음

새미

어느 화창하고 눈부신 날, 푸르른 풀밭을 헤매다가 우연히 네잎 클로버가 나의 눈에 마음에 들어왔습니다. 그 순간 운명이 나에게 예상치 못한 행운을 선물한 것처럼 삶에 대한 감동과 열정이 마음을 가득 채웠습니다. 요즘 세상은 피곤함과 불완전함으로 가득 차 뭔가 쫓기는 것처럼 허둥대고 살아가는 것처럼 느껴집니다. 우리가 아무리 노력해도 마음은 공허해지고 정신은 어두워지며, 자신도 모르게 그 무게에 짓눌려 삶의 시선을 내리게 됩니다. 그런 상황에 처한 여러분에게 네잎 클로버를 함께 나누면 어떨까 하는 생각이 머리를 스쳐 지나갔습니다. 행운의 상징인 네잎 클로버를 선물한다면 '조금이라도 위안이 되지 않을까?', '좋은 글귀를 매일아침 선물하면 어떨까?'라는 생각으로 출발하게 되었습니다.

　우리 모두는 시간이라는 광활하고 알 수 없는 공간에 존재
한다는 것만으로도 행운이지만 행복뉴스와 함께 네잎 클로버
를 선물한다면 작지만 희망적인 증표로 여러분들의 삶에 기쁨
과 행운이 깃들게 되기를 바라는 작은 바람을 가져 봅니다.

　그날 제가 만난 뜻밖의 행운이 주었던 감동처럼 여러분에게
도 행운이 감동이 찾아오길 바라는 마음으로 행복뉴스와 좋은
글을 엮어 펴냅니다. 행운은 당신이 눈치채지 못할 때에도 항
상 당신 주변을 맴돌고 있다고 생각합니다. 우리 자신이 행운
임을 잊지 말고 어느 날 찾아온 네잎 클로버처럼 우리의 날들
이 행운으로 기쁨으로 채워 나가시길 바랍니다.

행복과 행운이 함께하시길

우 중 식

차례

사랑하는 사람에게
꼭 하는 질문

"너는 내가 왜 좋아?"라고 물어보지만 원하는 대답을 얻기란 쉬운 일이 아니야.

대부분의 사랑은 이유 없이 시작되기 때문이지. 그를 왜 좋아하는지 정확히 이야기할 수 있는 사람이 몇이나 될까? 아직까지 이런 생각을 하고 있는 나는 순수한 건지, 아니면 바보 같은 건지.

요즘엔 사랑이 시작될 수 있는 조건들을 따져. 그것에 맞는 사람을 찾아내려 애쓰는 모습들을 많이 보게 되는 것 같아. 그런 모습을 보고 있자면 사랑을 하겠다는 건지 받겠다는 건지 알 수 없을 때가 많아. 조금은 바보 같을지라도 아직은 아무 이유 없이 사랑해도 괜찮을 때 아닌가. 나는 나를 얼간이처럼 바라볼 때 콧등에 작은 주름이 생기는 너를 사랑해.

— 영화(해리가 샐리를 만났을 때) 중에서

삶의 원칙은
"오늘"

오늘이란 말은 싱그러운 꽃처럼 풋풋하고 생동감을 안겨준다.

마치 이른 아침 산책길에서 마시는 한 모금의 시원한 샘물 같은 신선함이 있기 때문이다. 사람들은 누구나 눈을 뜨면 새로운 오늘을 맞이하고 오늘 할 일을 머릿속에 떠올리며 하루를 설계하는 사람의 모습은 한 송이 꽃보다 더 아름답고 싱그럽다. 사람의 가슴엔 새로운 것에 대한 기대와 열망이 있기 때문이며 반면에 그렇지 않은 사람은 오늘 또한 어제와 같고 내일 또한 오늘과 같은 것으로 여기게 된다. 누구에게나 늘 똑같게 찾아오는 삶의 원칙이 바로 "오늘"이다.

― 최승렬 『좋은사람 좋은생각』 중에서

이웃 효과

'이웃 효과'란 말이 있다.

친구가 새 차를 사면 내 차가 똥차로 느껴지고 옆집 애가 서울대 합격했다는 소식에 서울에 있는 대학 간 것만으로 충분히 자랑스러웠던 내 자식이 꼴도 보기 싫어지는 심리를 말한다.

우리나라 사람들의 행복도가 왜 낮을까? 끊임없이 남과 비교 당하며 더 좋은 학교, 더 나은 스펙, 더 많은 재산증식을 위해 밤낮없이 과로하는 삶을 사는 이들이 너무 많기 때문 아닐지.'위를 보지 말고 아래를 보며 살라'고들 한다.

굳이 나보다 잘나가는 인간들 올려다보며 자학하기보단 나보다 어려운 이웃을 돌아보면서 하루하루 감사하게 사는 게 소위 "소확행(작지만 확실한 행복)"을 쫓기 전 먼저 갖춰야 할 마음가짐이 아닐지.

여생지락餘生之樂
남은인생 즐겁게 살자!

공자는 즐기는 자가 최고라고 했고, 키케로는 젊은이 같은 노인을 만나면 즐겁다고 했다.

재물이 아무리 많아도 인생을 즐기지 못하면 그것은 웰빙(Well-being)이라고 할 수 없다. 매 순간 인생과 풍경을 즐겨라.

바쁘다고 서둘러 지나치지 말고 인생이라는 길의 아름다운 풍경을 즐겨보자. 겨울이 되어서야 푸르렀던 여름을 그리워하지 말라. 가을을 기다리느라 봄날의 포근함을 놓치지 말라. 갈 곳 없고 할 일이 없으면 안 된다. 주책없이 완고하고 고집스러워도 안 된다. 잘난 체 다 아는체해서는 더욱 안된다. 단순하고 순박해야 하며 반듯이 소탈해야 한다. 아름다운 황혼 베풀며 너그러워야 한다. 일이 있어 늙을 틈이 없어야 한다.

바보처럼 앉아 기다리지 말자!

떨치고 나가 길을 찾고, 매일 즐기며 살자!

반복하는 것만이
성공의 비결

성공은 무서운 집중과 반복의 산물이다.

— 말콤 글레드웰

성공은 현재 상태의 변화다. 비유하자면 돋보기로 햇빛을 모아 종이를 태우려 할 때, 종이에서 연기가 나다가 불꽃이 생기면서 타오르는 그 순간부터가 성공이다. 물의 온도를 서서히 올릴 때, 섭씨 100℃가 되어 물이 끓어오르는 그 시점부터가 성공이다. 이런 상태의 변화에 도달하기 위해서는 임계점에 다다를 때까지 포기하지 않고 반복해야 성공한다. 성공은 이론이 아닌 실천으로 이루는 것이다.

고통은 우리를
성장으로 이끈다

고통을 받아들일 때, 고통은 그대로 성장으로 이끌 것이다.

— 생텍쥐페리

질병으로 시한부 선고를 받은 사람들의 반응은 비슷한 양상을 보인다고 한다. 첫 반응은 '부정'이다. 자신에게 그런 일이 일어날 리가 없다고 여기며 사실을 부정한다. 그 감정은 '분노'다. 여러 병원을 다니면서 비슷한 결과를 듣고 나면 억지로 받아들일 수밖에 인정한 후에야 비로서 '수용'의 단계로 넘어간다. 그때부터 그의 정신은 성숙의 길로 접어든다. 비로서 죽음을 준비할 수 있는 것이다.

네잎클로버는
나의 행복

나에게 행운의 네잎클로버는 하나의 행복, 행운, 기적이고 희망의 메시지이며 진솔한 자신을 찾아가는 치유하며 에너지이다.

실제로 네잎클로버는 질긴 생명력을 가지고 있으며 특히 자연 그대로 말리고 작품을 만들면 그 생명력을 그대로 담게 되는 행위이다. 그 과정은 기다림, 사랑, 행복, 행운, 기적을 만드는 과정으로 행운을 배가하여 담은 작품으로 바뀌게 되는 것이다.

삶이 계획되는 것처럼 작품이 완성되는 것은 행운을 찾는 과정이며 작업 과정에서 보태는 기다림은 행운의 네잎클로버가 된다. 더욱 클로버의 선물은 행복과 기쁨을 다시 나에게로 보내는 의미이다. 행운의 네잎클로버를 받은 이들에게 희망이 이어가길 바란다. 인간은 자연과 함께 상생한다.

변화를 적극적으로
받아 들이는 자세

특별한 사람들만 의지력이 있는 것이 아니다.
변화될 준비가 된 사람과 그렇지 않은 사람이 있을 뿐이다.

— 제임스 고든

어떤 상황이나 문제를 피하려고 하면 마음이 불편해진다. 하지
만 그 상황을 수용하면 마음이 가벼워지고 문제의 해결책도 보인
다. 변화를 받아들이는 것은 상황을 정면으로 마주하는 것이다. 이
것은 어쩔 수 없다는 체념과는 다르다. 적극적으로 상황을 인정하
고 변화를 받아들이면 마음 그릇이 커지면서 상황을 주도할 수 있
는 힘과 의지가 조금씩 샘솟을 것이다.

오랫동안 고마움을
간직하자

사람이 얼마나 행복한 가는 그의 감사의 깊이에 달려있다.

— 존 밀러

햇빛이 잘 드는 양지바른 산비탈에 쌓인 눈은 금방 녹아내리지만, 그늘진 산비탈에 쌓인 눈은 오랫동안 새하얀 모습을 간직하는 것을 볼 수 있다. 주어진 은덕을 금방 잊고 지워버리는 사람을 양지에 쌓인 눈에 비유한다면 음지에 쌓인 눈은 어떤 것이든지 감사와 사랑으로 오랫동안 품고 있는 사람과 같다.

삶에도 양지 인생과 음지 인생이 있다. 양지 인생을 사는 사람은 주어진 것들을 다시 얻을 수 있으리라는 생각에 금방 잊는다. 반면 음지 인생을 사는 사람은 주어진 것들을 오랫동안 마음에 품고 간직한다. 주어진 상황 속에서 행복을 찾아보자. 사소한 일에도 감사하는 마음으로 살아간다면 마음속에는 사랑이 싹트고 인생은 더욱 행복해질 것이다.

**진짜 원하는 일을
찾는 과정은
쉽지 않습니다**

모든 고귀한 일을 찾기 드문 만큼 실행하기도 어렵다.

― 스피노자

청소년은 '내가 정말 원하는 일이 뭔지 모르겠어요.'라고 고민하고 중년은 '남은 인생을 뭘 하 살아야 할지 모르겠어요.'라고 고민한다. 사람들은 누구나 자신에게 가치 있는 일, 내면이 정말 원하는 일을 알고 싶어 한다. 진짜 할 일이 무엇인지 찾은 사람을 운이 좋은 사람이라고 하기도 한다. 그런데 한번 묻고 싶다. 쉬운 일만 찾고 있는 것이 아니냐고 말이다.

삶은 끊임없는 투쟁

괴물과 싸우는 자는 자신마저 괴물이 되지 않도록 주의해야 한다.

— 프리드리히 니체

어떤 면에서 삶은 쉬지 않고 무엇인가를 얻기 위해 싸우는 투쟁의 과정이다. 학교에서는 공부를 통해 자신을 증명해야 한다. 직장인들은 먹고살기 위해 돈을 벌고, 그 돈을 불리기 위해 동분서주한다. 우리는 평생 이런저런 괴물과 싸워야 한다. 그런데 이 과정에서 자신을 잃어버리면 안 된다. 노력과 투쟁은 성장을 위한 것이어야 한다.

꺾이지 않는
신념으로
살아간다는 것

투쟁에서 질 가능성 때문에
옳다고 믿는 신념을 외면해서는 안 된다.

— 에이브러햄 링컨

상황이 자신에게 유리한 지, 그렇지 않은지에 따라 바뀌는 믿음은 신념이 아니다. 신념은 상황이 불리하다고 외면할 수 있는 것이 아니다. 승패가 중요한 것이 아니라 신념을 지키는 것이 중요하다.

소크라테스는 죽음을 맞이할 것임을 알면서도 '정의롭게 살겠다'라는 신념을 지켰다.

자신의 감정을
제대로 바라봐야
합니다

언제나 다른 사람들을 만족시키는 데에 신경 쓰지 않고
마음껏 말할 수 있는 자는 행운이다.

— 단테 일리기에리

말을 할 때 다른 사람을 생각하지 않을 수는 없다. 상대를 배려하고 예의를 지키는 것은 건강한 인간관계를 위해 꼭 필요한 태도다. 하지만 지나치게 다른 사람을 의식하면 정작 해야 할 말을 못하는 경우가 생긴다. 진심을 드러내지 못하고 역할에 맞는 사회적인 가면을 쓴 채 오랜 시간 지나면, 마치 그 가면이 꾸며낸 감정을 자신의 진짜 감정으로 착각하는 수가 있다. 꼭 필요한 말은 주변 사람의 눈치를 보지 말고 해야 한다.

당근과 채찍보다
더 강력한 것

두려움이나 보상에 의한 동기부여는 일시적이다.
자발적인 동기부여만이 지속되는 것이다.

— 호머 라이스

짐승을 원하는 대로 부리려면 당근과 채찍이 필요하다. 달콤한 보상을 주면서 어떤 것을 해야 하는지 조련한다. 때로는 가혹한 채찍질로 어떤 일을 하면 안 되는지 가르친다. 그런데 사람은 자율성을 가진 존재다. 스스로 깨닫고 실천해야 지속할 수 있다. 자발적인 동기부여만이 오래갈 수 있다.

좌절할 것도
피할 것도 없다

절대 고개를 아래로 떨구지 마라.
높이 치켜들고 세상을 똑바로 바라보라.

— 헬렌 켈러

　세상은 아름답기만 한 것이 아니다. 그렇다고 지옥도 아니다.
적당한 사랑, 어느 정도의 정의, 상당한 고통과 불의가 공존하는
곳이 세상이다. 좌절할 것도 피할 것도 없다. 있는 그대로의 세상
을 바라보자. 세상의 본질을 깨우치고 허용하면 고개를 아래로 떨
굴 일은 없다. 사는 것이 만만치 않다고, 마음대로 되는 것이 하나
도 없다고 좌절하거나 지레 겁먹지 말자. 운명의 흐름을 타고 자연
스럽게 흘러가자.

삶의 주인이 되고 싶으면 내면에 집중해야 합니다

다른 사람의 시선을 신경 쓰면서
어떤 일에 대한 가능성을 남기지
마라 그러면 당신은 남은 평생 그 일을
미루게 될 것이다.

— 알프레드 아들러

하고 싶은 일이 있으면 지금 당장 하자. 다른 사람의 시선을 신경 쓰면서 '언젠가는 …'이라는 가능성만을 남겨둔다면 1~2년이 아니라 평생 미뤄질지도 모른다. 정말 시간이 없거나 능력이 부족해서 미룬 것일까? 내면의 목소리를 외면한 것이 아닐까? 시간이 없으면 시간을 내면 되고 능력이 부족하면 능력을 개발하면 된다. 그런데 내면의 목소리를 한 번 외면하면 다시 그것에 귀 기울이는 데 평생이 걸릴지도 모른다.

내가 아는 것을
그대로 실천하면
됩니다

아는 자들이여, 실천하라.

— 아리스토텔레스

앎은 실천할 때 빛난다. 아이들은 아는 것, 배운 것을 그대로 실
천한다. 가령 신호등이 빨간 불일 때는 건너지 않고, 녹색 불이 들
어와야 한쪽 손을 들고 건넌다. 아이들은 그렇게 해야 한다고 알고
있는 것을 그대로 실천할 뿐이다. 계산하거나 조급해 하지 않는다.
하지만 나이를 먹으면서 달라진다. 빨리 가려는 욕심 때문에, 남보
다 뒤처질지 모른다는 두려움 때문에 원칙을 뒷전으로 하고 요행
을 부린다.

맹자가 말하길

맹자가 말하길 옳은 걸 옳다고 말하려면, 때때로 목숨을 거는 용기가 필요할 때도 있다고 한다.

틀린 걸 틀렸다 말하려면, 밥줄이 끊길 각오를 해야 될 때도 있다. 그래서 그 두려움 때문에 우리는 옳은 걸 옳다고 말 잘 못하고, 틀린 걸 틀렸다고 말하지 못하는 경우가 많다.

진수성찬 앞에서도 불평하는 사람이 있는 반면, 마른 떡 한 조각으로 감사하는 사람도 있다. 건강한 신체가 있음에도 환경을 원망하는 사람이 있고, 두 팔과 두 다리가 없음에도 감사하는 사람도 있다.

과연 우리는 살아가면서 무엇을 원망하고 불평하고 어떤 것에 감사해야 할까? 바로 내가 지금 살아있는 것에 감사해야겠다. 즐거운 말 한마디가 하루를 빛나게 하고, 사랑해 한 마디가 축복을 준다.

미소는 관계를 끈끈
하게 해줍니다

미소 짓기 어려울 때라도 서로를
미소로 대해주세요.
가족과 함께 하는 시간을 가져보세요.

— 마더 테레사

가까운 사이일수록 사랑을 더욱 끈끈하게 해주는 따스함이 필요하다. 아침에 눈뜨며 건네는 잘 잤냐는 한마디, 그윽한 눈길, 은은한 미소, 늘 이런 따스함이 있다면 행복은 멀리 있지 않다. 재정, 건강, 일 등 마음대로 되지 않는 문제 때문에 소중한 사람들에게 미소 짓기 어렵다면 미소 짓지 못할 이유는 수백 가지가 아닐까. 살면서 맞닥뜨리는 문제 앞에 서도 소중한 그 사람에게 미소 짓는 이유는 한 가지다.

사랑하기 때문이다.

미래를 어떻게
바라볼 것인가

미래에 사로잡혀 있으면 현재를 있는 그대로 볼 수 없다.

— 에릭 호퍼

미래에 사로잡히는 것은 과거를 후회하며 시간을 낭비하는 것만큼이나 위험하다. 우리는 종종 두 가지 방식으로 미래에 정신을 빼앗긴다. 하나는 알 수 없는 미래를 지나치게 두려워하는 것이고, 다른 하나는 미래에 달성할 목표만을 생각하면서 현재를 희생하는 것이다. 미래에 대해 지나치게 두려워하면 지금 해야 할 것을 놓치게 되고, 목표만을 바라보고 달려가다 보면 바로 곁에 있는 소중한 것을 바라볼 여유가 없게 된다.

노력이 무의미하게
느껴질 때

스트레스나 역경의 시기에는 바쁘게 지내는 것이 가장 좋다.
가슴속 분노와 에너지를 긍정적인 것으로 일구어라.

— 리 아아아코카

아무리 열심히 노력해도 일이 뜻대로 되지 않는 시기가 있다.
어깨가 빠지도록 죽도록 노를 젓고 있는데 돛단배가 앞으로 가지
않는다. 오히려 역풍을 맞아 뒤로 밀려나기도 한다. 그런 시기도
있으니 괜찮다. 그럴 때는 더 열심히 하면 된다. 그런 일이 있어선
안 된다며 좌절하지 말자. 가슴속의 에너지를 부정적인 감정에 집
중하면 '이렇게 열심히 사는 게 무슨 소용이야' 하는 생각에 나약
해진다. 게을러지고 싶은 이유를 만들지 말자.

꿈은 전시용이
아닙니다

꿈을 기록하는 것이 목표였던 적은 없었다.
꿈을 실현하는 것이 나의 목표다.

— 만 레이

다이어리나 노트에 버킷리스트를 빼곡하게 적어두거나 비전보드를 만들어 자신이 원하는 모습의 이미지를 덕지덕지 붙인다고 삶이 바뀌지는 않는다. 꿈을 쓰고 이루어진 것처럼 상상하는 것은 그 꿈이 잘 이루어질 수 있는 환경만을 만들어 준다. 실제로 꿈을 실현하기 위해서는 행동해야 한다. 노를 저어야 한다. 꿈은 전시용이 아니다.

반복하는 것만이
성공의 비결입니다

성공은 무서운 집중과 반복의 산물이다.

— 말콤 글레드웰

성공은 현재 상태의 변화다. 비유하자면 돋보기로 햇빛을 모아 종이를 태우려 할 때, 종이에서 연기가 나다가 불꽃이 생기면서 타오르는 그 순간부터가 성공이다.

물의 온도를 서서히 올릴 때, 섭씨 100℃가 되어 물이 끓어오르는 그 시점부터가 성공이다. 이런 상태의 변화에 도달하기 위해서는 임계점에 다다를 때까지 포기하지 않고 반복해야 성공한다. 성공은 이론이 아닌 실천으로 이루는 것이다.

확고한 목표가 있다면
결코 흔들리지 않습니다

성공의 커다란 비밀은 결코 지치지 않는 인간으로
살아가는 것이다.

— 알버트 슈바이처

성공하는 사람은 작은 성취에 쉽게 들뜨지도, 작은 실패에 무너
지지 않는다. 그들은 우선 확고한 목표를 세우고 그것을 이룰 때까
지 지치지 않고 시도한다. 중간에 장애물이 나타나는 것은 당연한
일이다. 고난과 시련을 만난다면 새로운 방법을 찾아서 시도하자.
그래도 극복할 수 없다면 그 원인을 분석하고 해야 할 일을 다시
찾자.

행복의 색깔

어떤 색깔로 물들이느냐에 따라 우리 인생은 달라집니다.

칭찬과 격려로 물들이세요.
고마운 마음과 감사로 물들이세요.
사랑과 행복으로 물들이세요.
소망과 기쁨으로 물들이세요.
오늘은, 칭찬으로 물들이는 하루가 되시길 빕니다.
언제 들어도 새로운 것이 칭찬입니다.
책망 중에서 가장 놀라운 책망은 칭찬입니다.
인생을 승리한 사람들은 한결같이 칭찬에 탁월한 사람들이었다고 합니다.
칭찬의 언어는 놀라운 위력이 있습니다.

거울

거울은 먼저 웃지 않으며 내가 웃어야만 거울 속의 내가 웃듯이 인간 관계도 내가 먼저 웃어야 한다.

내가 먼저 관심을 갖고 공감하고 배려하는 것이 가장 중요한 인간관계의 법칙이며 다른 사람에게 호감을 얻고 싶으면 먼저 호감을 품어야 하며 자기를 좋아하는 사람을 싫어하는 사람은 없기에 인간관계에 있어서 항상 좋은 감정을 갖고 대하도록 노력하는 오늘이 되어 보자.

복

복 있는 사람은 자신을 불평하지 않으며 언제나 현재에 충실하며 복 있는 사람은 복스러운 행동을 하기에 복 있는 사람일 뿐 복을 주었기에 그 사람이 복 있는 사람이 아니다.

우리들 모두는 매일매일 똑같은 양의 복을 받지만 복스러운 사람은 매순간이 감사하고 복스럽지 못한 사람은 매 순간이 불평불만이기에 오늘도 감사함 속에 복이 가득한 하루가 되어보자.

회심 回心

남을 미워하면 저쪽이 미워지는 게 아니라 내 마음이 미워진다.

부정적인 감정이나 미운 생각을 지니고 살아가면 그 피해자는 누구도 아닌 바로 나 자신이다. 하루하루를 그렇게 살아가면 내 삶 자체가 얼룩지고 만다. 인간관계를 통해 우리는 삶을 배우고 나 자신을 닦는다.

회심(回心)은 곧 마음을 돌이키는 일로써 내 삶의 의미를 심화시키는 방법이다.

말

말에는 실로 불가사의한 힘이 있어 사소한 말로도 커다란 기적이 일어나기도 한다.

좋은 말을 하면 좋은 결과가 일어나고 부정적인 말을 하면 부정적인 결과가 일어난다. 그래서 누구에게나 좋은 말을 해야 하며 자신에게도 좋은 말을 해야 한다. 꽃씨를 심으면 꽃이 피는 것처럼 마음에 향기를 심어 향기 나는 오늘이 되어보자.

미워하는 마음

얼마나 오랫동안 미움을 보고 살 수 있을까? 누군가를 미워하는 일은 나의 일이지 미움받는 사람의 일이 아니다.

누군가를 미워할수록 생기는 화는 미움받는 사람에게 생기는 것이 아니라 내 가슴에 생기는 것이다. 내 마음에 멍이 드는 것이다. 멍도 오래되면 상처가 되고 병이 된다. 그러니 누군가가 밉다고 해서 그 사람을 마음에 안고 살지 말자. 결국 그 사람을 놓아주는 것도 나의 몫이다.

격려

많은 말 중에서 가장 귀하고 아름다운 말은 격려의 말이다.

그래서 사람들은 격려의 말을 예술이라고 표현하는데 주저하지 않는다. 당장 화가나 작가가 될 수는 없지만 그보다 더 좋은 사람들에게 영향을 미치는 격려의 예술가는 될 수가 있다. 격려하면 받는 사람의 기쁨이 크지만 격려하는 사람에게도 기쁨이 남기에 격려 속에 보람된 하루를 보내자.

말의 힘

사람들은 입 때문에 망하는 사람이 많다.

칭찬에 발이 달려 있다면 험담에는 날개가 달려있어 나의 말은 반드시 전달된다. 그 사람에 대해 알지도 못하면서 추측하고 단정지어 말을 지어내고 또 소문을 내고 남의 이야기를 함부로 하는 것은 질투에 의해 나온 것이기에 질투에서 나오는 험담보다는 미소가 모여 웃음이 되는 기쁨 가득한 말을 해야 한다.

오늘도 감사한
마음으로

오늘 하루도 감사하는 마음으로 살아가야겠다.

이토록 아름다운 세상에 태어났음을 커다란 축복으로 여기고 가느다란 별빛 하나, 소소한 빗방울 하나에서도 눈물겨운 감동과 환희를 느낄 수 있는 맑은 영혼의 내가 되어야겠다. 인생을 살아가는데 가장 중요한 것은 나를 믿고 사랑하는 것이고 나에게 확신을 갖는 일이다. 가치 있는 인생을 살면서 가치 있는 사랑을 하는 것이 최고의 삶이고 행복이라고 한다.

인생은 지식보다
경륜

누군가 그랬지요.

인생에서는 지식보다 경륜이 삶을 윤택하게 한다. 우리는 온갖 고초 속에 산전수전 겪다 보면 삶의 지혜도 깨닫고 인생이 뭔지, 아픔이 뭔지, 그리고 그리움은 추억이라는 것을 따로 배우지 않아도 우린 터득하며 살아간다. 오늘도 주어진 일상 속에서 서로 모자란 부분을 채워주며 배려와 나눔 속에 사랑받는 아름다운 하루가 되길 희망하자.

삶은
메아리 같은 것

삶은 메아리와 같아서

내가 삶을 긍정적인 생각으로 바라보면 삶 또한 나에게 긍정적인 선물을 주고 내가 삶을 부정적인 생각으로 바라보면 삶 또한 나에게 부정적인 선물을 준다. 삶은 우리가 준 것을 충실하게 되돌려주는 습관이 있어 우리들의 생각, 말, 행동, 표정은 반드시 우리에게 다시 돌아오기에 오늘은 미소를 던져 미소로 화답받는 하루가 되어 보자.

오늘 하루를
충실히 사는 일

어떻게 살아야 할지 머릿속으로 고민하지 말고 오늘 하루를 충실히 사는 일에 직접 부딪쳐 보자.

거짓으로 겸손을 가장하는 것보다 더 오만한 짓은 없으며 주위에 성공하는 방법에 대한 지침서들이 있다면 내다 버리고 성공하기 위해 필요한 것은 오직 본인만의 지침서를 써 내려가는 것이다.

선택

살아가며 마주하는 많은 선택 앞에서 우리는 고민한다.

무엇이 더 옳은 선택인지를 알기 위해서 혹은 나보다 앞선 사람들의 조언을 주의 깊게 들어보기도 하지만 진정 중요한 것은 '선택' 그 자체가 아닌 선택 후 우리의 '믿음과 행동'이다. 운명은 우연이 아닌 선택이며 기다리는 것이 아니라, 성취하는 것이다.

쉽게 쉽게 사세요

때로는 손해가 될지 몰라도 마음 가는 대로 주고 싶은 대로
그렇게 살아가자

이제 막 걷기 시작한 사람
중턱에 오른 사람, 거의 정상에 오른 사람
정상에 올랐다고 끝이 아니다.

산은 산으로 이어지는 것
인생도 삶은 삶으로 다시 이어지는 것
한 걸음 한 걸음 걸을 수 있다는 것이 행복이지
정상에 오르는 것만이 목적이 아니다.

쉽게 쉽게 생각하며
인생의 산맥 능선이 우리가 사는 곳이기에

나에게
고맙다

인생이 뜻대로 되지 않는다고 절망하거나 낙담하지 말라.

아무리 노력과 최선을 다한다고 해도 안되는 일이 있기 마련이다. 그 일들도 뒤돌아 보면 별거 아니며 쉬지 않고 달려야 할 때도 있고 가만히 숨을 고를 때도 있는 법이다.

놓친 차는 다시 오는 차를 타면 되고 돌아가더라도 그곳에 도착하면 될 일이다. "노력해도 안 되는 건 놓아주면 되는 것이라"고 생각해야 한다.

자신이 좋아하는
일을하라

세상은 누구나 항상 자기가 좋아하는 일만 한다.

실제로 그 일이 좋은 일이라면 그 사람은 옳은 일을 하고 있는 셈이다. 그러나 만약 잘못된 일을 반복하고 있다면 그는 다른 누군가에 의해서가 아니라 바로 자기 자신에 의해서 나쁜 결과를 맞게 된다. 모든 그릇된 일 끝에는 고통이 기다리고 있기 때문이다. 이 점을 잊지 않는다면 공연히 타인에게 화를 내거나 짜증을 내는 일이 없어질 것이다. 누군가를 비난하거나 꾸짖지도 않을 것이며 그런 일로 사이가 벌어지는 일도 생기지 않을 것이다.

당신
마음대로

우리가 살아가며 인생의 날수는 결정할 수는 없지만 인생의 넓이와 깊이는 마음대로 결정할 수 있으며 얼굴 모습을 결정할 수는 없지만 얼굴의 표정은 마음대로 결정할 수가 있다.

그날의 날씨를 당신이 결정할 수는 없지만, 당신 마음의 기상은 당신 마음대로 결정할 수 있다.

당신 마음대로 결정할 수 있는 일들을 감당하기도 바쁜데, 당신은 어찌하여 당신이 결정할 수 없는 일들로 인하여 걱정하며 염려하고 있을까?

희망 속에
살아간다

　만일 우리에게 희망이라는 것이 없다면 어떻게 되겠는가를 생각해 보자.

　삶을 고통스러운 바다라고 표현한다면 그것은 그만큼 삶이 괴로운 것이란 뜻하는 것이다. 우리는 고통스러운 삶 속에서도 내일이라는 희망을 가지고 있기 때문에 오늘의 괴로움, 좌절과 실패를 극복해 가면서 살아가는 것이다.

　오늘도 내일의 아름다운 희망 속에 살아가야 한다.

행복 웃음

지금 보다 행복한 순간은 없다.

우리에게 가장 쓸모없는 날은 웃지 않는 날이다. 믿음의 양에 따라 그만큼 젊어지고 의심의 양에 따라 그만큼 늙어간다. 자신감의 양에 따라 그만큼 젊어지고 두려움의 양에 따라 그만큼 늙어간다. 희망의 양에 따라 그만큼 젊어지고 낙망의 양에 따라 그만큼 늙어간다. 항상 새롭게 항상 즐겁게 삶에 최선을 다하며 살아가는 우리들이 되었으면 한다.

소명

돈에 맞춰 일하면 직업이고,

돈을 넘어 일하면 소명입니다.
직업으로 일하면 월급을 받고,
소명으로 일하면 선물을 받습니다.
칭찬에 익숙하면 비난에 마음이 흔들리고,
대접에 익숙하면 푸대접에 마음이 상합니다.
문제는 익숙해져서 길들여진 내 마음입니다.
내 힘으로 할 수 없는 일에 도전하지 않으면,
내 힘으로 갈 수 없는 곳에 이를 수 없습니다.
결국 모든 것이 나로부터 시작되는 것일 겁니다.

인생과 책

인생은 한 권의 책과 같습니다.

어리석은 이는 그것을 마구 넘겨 버리지만 현명한 이는 열심히
읽는다. 단 한 번밖에 인생을 읽지 못한다는 것을 알고 있기 때문
이다. 인생이 즐거워야 하는 것은 우리에게 두 번째 인생이란 없기
때문이며 돈이 많든 적든, 명성이 높든 낮든 누구나 공평하게 단
한 번의 인생만 살 수 있기에 오늘도 현명한 삶을 영유해야 한다.

살다보면

살다 보면 할 말하지 말아야 할 말이 있지요.

살다 보면 기분 좋은 말 가슴 아프게 하는 말이 있지요.

살다 보면 칼보다도 더 무서운 것이 있지요.

말 한마디에 천 냥 빚을 갚는다는 속담처럼 어쩌면 우리 말 한 마디에 좋은 인연 또 악연이 될 수도 있고 영원히 또는 남남처럼 살아갈 수도 있지요.

우린 사람이기에 실수도 할 수 있고 잘못을 할 수도있고 싫은 말도 할 수가 있지요.

나 자신이 소중한 것처럼 남도 소중히 생각한다면 수없이 많은 말을 하고 살아가는 우리네 인생 기분 좋고 밝고 맑은 희망의 말만 한다면 서로 환한 미소짓고 힘든 세상 육체는 힘들어도 편안한 마음과 함께 좋은 인연으로 살지 않을까요?

행복의 비밀

누구나 자신의 손안에 있는 행복은 작게 봅니다.

그러면서 늘 더 큰 행복 더 오래 지속되는 행복을 찾는다. 그러나 안타깝게도 더 큰 행복을 좇다 보면 지금의 행복마저 잃고 만다. 행복은 자신을 귀하게 여기지 않는 사람에게는 머물지 않기 때문이다. 우리는 행복이 떠난 뒤에야 그 행복이 얼마나 소중했는지를 깨닫고 후회하게 된다.

지금 있는 행복을 크게 보아야 한다.

이 행복이 내 삶을 지탱하는 힘임을 잊지 말아야 한다. 그러다 보면 다른 행복도 찾아온다. 그것이 행복의 비밀이다.

좋은사람

서로 마음 든든한 사람이 되고 때때로 힘겨운 인생의 무게로 인하여 속마음마저 막막할 때 서로 위안이 되는 그런 사람이 되었으면 좋겠습니다.

문득 스치고 지나는 먼 회상 속에서도 우리 서로 기억마다 반가운 사람이 되었으면 좋겠습니다. 어느 날 불현듯 지쳐 쓰러질 것만 같은 시기에 우리 서로 마음 기댈 수 있는 사람이 되고 서로 그냥 있는 것만으로 좋은 사람이 되었으면 합니다.

삶의 10계명

1. 1만 하지 마라.

2. 2일 저일 끼어들지 마라.

3. 3삼오오 놀러 다녀라.

4. 4생결단 하지 마라.

5. 5케이(O.K)를 많이 하라.

6. 6체적 스킨십을 즐겨라.

7. 70% 만족하라

8. 8팔하게 운동하라.

9. 9차한 변명 삼가라.

10. 소득의 10%는 친구(동료)들을 위해 투자하라.

좋은 관계

무엇이 행복을 결정하는가?

미국 하버드대학교 의과대학 정신과 교수 로버드 월딩어는 "관계(Relationship)가 인생에서 행복을 결정하는 중요한 요소"라고 말했다. 만약 우리가 평소 생활에서 기쁨이나 즐거움을 느끼고, 또 지극히 복이 많다고 느끼거나, 어떤 사람을 사랑하고 그 사람으로부터 사랑을 받고 있다고 느끼면, 행복하다고 말할 수 있다.

– 사색의향기 문화나눔 세상을 꿈꾸다 중에서

행복의 99%는 관계인 것이지요 '좋은 관계'가 우리를 건강하고 행복하게 만듭니다. 당신의 관계는 어떠한가요?

시련은 삶이 주는
과제

시련을 활용하라.

– 앙리 프레데릭 아미엘

인생길에는 크고 작은 시련이 파도처럼 밀려온다. 파도에 쓰러지면 인생은 고통일 뿐이지만, 파도를 잘 타면 삶은 놀이와 같다. 시련은 삶이 주는 과제라고 생각해 보자. 하나의 과제를 잘 완수하면 한 뼘 더 자라는 것이다 어차피 평탄하기만 한 삶은 없다. 시련의 파도는 필연적으로 닥쳐온다. 파도를 잘 활용해 파도타기 하듯 인생을 즐기자.

현실을 바꾸고
싶다면

생각을 바꾸면 세상이 변할 것이다.

– 노먼 빈센트 필

주변의 현실은 그냥 생겨나는 것이 아니다. 자신에게 필요한 것, 자기 생각이 끌어당긴 것이 현실이 되어 나타난다. 어떤 사람과의 관계가 너무 힘들다면 그 관계를 통해 배워야 할 무엇이 있기 때문이다. 풀어야 할 과제가 있음을 알아채지 못한다면 껄끄러운 관계가 해소되지 않아 괴로울 것이다. 생각을 바꿔야 한다.

행복은 내면과 행동의 조화로움

생각하는 대로 살지 못하면 결코 행복할 수 없다.
행복은 당신의 생각, 말, 행동이 조화를 이룰 때 찾아온다.

– 마하트마 간디

사람들은 생각하는 대로 말하지 못하고 행동하지 못하면 병이 난다. 언론의 자유나 신체의 자유와 같은 거창한 말이 아니더라도 누구나 말과 행동의 자유를 원한다. 원하지 않는 말과 행동을 할 수밖에 없는 상황에서 우리는 진실할 수 없다. 자신의 내면과 멀어지는 상황에서는 누구도 행복을 느낄 수 없다. 사람은 내면의 생각과 행동이 조화로울 때 행복감을 느낄 수 있다.

용기는 가장
좋은 무기

세상에서 용기 없이 할 수 있는 것은 아무것도 없다.

– 아리스토텔레스

변화의 마디에서는 항상 두려움이 밀려온다.

처음 학교에 가는 날, 직장에 첫 출근하는 날, 평생 한 사람과 함께 하겠노라고 선언하는 날 등 새로운 시작 앞에서는 실행과 함께 두려움을 느낀다.

무서워 도망치고 싶고, 모든 것을 없었던 것으로 되돌리고 싶다는 생각이 들 수도 있다.

하지만 용기 없이 할 수 있는 것은 없다.

그대로 멈춰 있다고 나아질 것이라는 보장은 없다.

삶은 변화의 연속이다. 변화의 마디에서 용기를 내자.

**행복은
이 순간**

만약 항상 현재에 집중할 수 있다면 행복한 사람이다.

– 파울로 코엘료

행복은 과거에 있지 않다.
행복한 과거를 회상한다고 해서 현실이 나아지는 것은 아니다.
오히려 과거와 비교하면서 지금의 현실이 더 비참해질 수 있다.
행복은 미래에도 있지 않다.
앞으로 어떤 일이 일어날지는 전혀 알 수 없다
행복은 오직 현재에 있다.

꿈꾸는 사람

낮에 꿈꾸는 사람은 밤에만 꿈꾸는 사람에게는 찾아 오지 않는 많은 것을 알고 있다.

– 에드거 앨런 포

꿈꾸는 사람은 정신 활동이 정체되어 있지 않으며 항상 앞을 내다본다.

어떤 것을 이루려는 소망을 품은 사람은 남들과는 차이 나는 생각과 행동을 한다. 자료와 정보를 모으고, 전략을 고민하고, 잘 되지 않았을 때 새로운 방법을 찾으려 노력한다. 그들은 일이 잘되는 방법을 찾아내고 실행한다.

같은 시간을 살고 있지만 시간의 질이 다르다.

놓아주지 않으면
얻을 수 없다

우리는 변화에 직면하면 망설인다. 왜냐하면 변화는 상실이기 때문이다 하지만 어느 정도의 상실을 받아들이지 않는다면 결국 모든 것을 잃을 수 있다.

― 스티븐 그로스

삶의 여러 가지 문제에 대처하는 방법에는 두 가지가 있다.

하나는 문제가 되는 상황 자체를 바꾸는 것이다, 하지만 대부분은 그것이 거의 불가능하다.

또 다른 방법은 그 문제에 맞설 수 있도록 자기 자신을 변화시키는 것이다. 그러려면 지금까지의 익숙한 상황에 이별을 고해야 한다. 지금까지 당연하게 누리던 것, 갖고 있던 것을 잃을 수 있다는 각오로 낯선 상황을 받아들여야 한다.

아름다운 유전자

어떻게 하면 사람이 꽃보다 아름다울 수 있을까?

'이기적 유전자'라는 책을 써서 세계적인 스테디셀러 작가로 유명해진 리처드 도킨스는 다음과 같이 말했습니다.

"남을 먼저 배려하고 보호하면 그 남이 결국 내가 될 수 있다."

"서로를 지켜주고 함께 협력하는 것은 내 몸속의 유전자를 지키는 가장 좋은 방법이다."

'약육 강식'에서 이긴 유전자 만이 살아남는 것이 아니라 '상부 상조'를 한 '종'이 더 우수한 형태로 살아남는다는 것이 도킨스의 주장입니다.

결국 '이기심'보다는 '이타심', 즉 내가 잘 살기 위해 남을 도와야 모두가 잘 살 수 있는 유일한 길이라는 것입니다. 이때 사람이 꽃 보다 아름다울 수 있습니다.

희망의 크기

큰 희망이 큰 사람을 만든다.

– 토마스 플러

많은 업적을 남기고 세상에 가치 있는 일을 한 사람들의 공통점은 무엇일까? 그들은 능력이 뛰어나거나 부모에게 경제적인 지원을 받거나 혹은 타고난 운이 좋았던 사람들이 아니다. 그들이 놓인 상황은 천차만별이었지만, 한결같이 큰 뜻과 희망을 가졌다.

조선시대 과거시험만을 위해 경전을 공부한 선비들은 주자에게 압도당해 앵무새처럼 글을 외우기만 했다. 하지만 율곡 이이는 '나는 왜 주자처럼 되지 못하는가'라는 생각으로 큰 뜻을 품고 정진해서 대학자가 되었다.

일을 이루어내는 힘

실수를 잊어라. 실패를 잊어라 지금 하려고 하는 일 외에는 잊어라 그것을 실행하라. 바로 오늘이 당신의 행운의 날이다.

– 윌 듀런트

무슨 일을 하든 가장 중요한 것은 집중력이다. 크고 단단한 바위에 많은 양의 물을 골고루 붓는다고 해도 바위는 꿈쩍도 하지 않는다. 하지만 단단한 바위라도 한곳만 집중해서 강한 수압으로 물을 쏘면 구멍이 생긴다. 집중력은 일을 이루어내는 힘이다. 현재하는 일에 집중하려면 과거의 실수나 실패를 잊어야 한다. 그렇게하지 않으면 바위에 어설프게 물을 주듯 에너지가 분산된다. 과거의 일은 현재의 일을 잘하기 위한 기술을 얻는 데 도움이 될 때만 떠올리자.

기분을
바꾸는 방법

우리의 기분은 현실의 사건이 아니라
우리의 생각으로 만들어진다.

— 데이비드 번스

같은 사건을 겪어도 각자의 생각에 따라 기분이 달라진다. 놀이
공원에서 인기가 있는 놀이 기구를 타려고 땡볕에서 한 시간 동안
줄을 서 있는 상황을 가정해 보자.

어떤 이는 함께 놀러 온 사람들이 불편함을 느낄 정도로 투덜댄
다. '날씨가 너무 덥다', '이래서 내가 놀이공원을 오지 말자고 했
는데'하면서 상황을 원망한다. 하지만 긍정적인 방향으로 생각하
는 사람은 '이렇게 서서 가족과 이야기하니 좋구나', '사람 구경이
재미있다' 하고 상황을 즐긴다.

노블레스 오블리주

이미 지나가버린 세월을 한탄하며 우울해 하기보다는 새로이 시작된 시간들을 고마워하는 마음을 지니고 간직하십시요.

"가라 옛날이여 오라 새 날이여,
　나를 키우는데 모두가 필요한 고마운 시간들이여"

부와 권력, 그리고 명성이 높을수록 사회에 대한 도덕적, 윤리적인 책임을 말하는 것이 '노블레스 오블리주'다.

'닭의 벼슬'과 '달걀의 노른자'를 빗댄 말이다. 닭의 존재 이유가 벼슬을 자랑함에 있지 않고 알을 낳는 데 있음을 일러준다. 세상이 날로 각박해지고 불황의 그늘이 깊어 갈지라도 서로서로 도우며 더불어 살아가는 일과, 더 아름다운 일을 생산해 내는 일들이, 자칫 우리들이 놓치기 쉬운 사랑과 행복의 길이 아닐런지.

늘 겸허하라

사람이 능력이 있어 노력한다고 해도 노력의 대가를 다 보상받지 못하고 아무리 선하다고 해서 다 좋은 결과를 얻는 것은 아닌 것이다.

똑똑하다고 해서 돈을 많이 버는 것도 아니며, 지혜롭다고 해서 권력을 얻는 것도 아니며 아무리 잘나가는 인생이라도 재앙의 날이 어느 날 홀연히 임하면 한순간에 나락으로 떨어진다는 것을 알았다.

또 착한 사람이라고 다 복받는 것도 아니고 오히려 적당히 반칙을 하면서 융통성 있게 사는 사람이 죽을 때까지 잘 먹고 잘 살고 있다.

세상이 이처럼 불합리한 이유를 다 이해할 수 없다.

그러니 자기 인생조차 자기 마음대로 할 수 없고 아무리 노력해도 알 수 없는 것이 있다는 사실을 인정하고 "겸허" 하라고 했다.

'나'를 둘러싼
'만남'

'나'를 둘러싼 '만남'들을 가만히 생각해 봅니다.

지금 나의 곁에는 누가 있는지, 내 맘 깊은 곳에 누가 있는지. 눈 감으면 떠오르는 얼굴들…, 지난해에 나는 어떤 만남과 '동행(同行)' 했나 돌아본다. 생각만 해도 가슴이 따뜻해지는 이름들…. 궂은일을 만나 함께 걱정하며, 좋은 일을 만나 기쁨을 서로 나누던 사람들…. 서로 아끼며 축복의 기도를 해 준 사람들…. 이런 사람들로 인하여 나의 삶이 복되고 내 인생은 깊이를 더해 갈 수 있었다. 또 나를 생각해 보자. 나는 누구에게 어떤 의미의 사람이었으며 어떤 사람들의 마음 속에 자리 잡고 있는지!

'인생(人生)'의 삶에서

나도 남들에게 좋은 만남으로 남기 위해 처음처럼 오늘도 님과 '인생의 길동무'가 되고 싶다.

시간은 삶이다

인생을 산다는 것은 주어진 시간을 활용하여 살아간다는 것이다.

누구나 하루에 24시간이 주어지지만 그 시간을 어떻게 활용하느냐에 따라 삶이 결정된다. 낭비된 시간은 인생에서 돌이킬 수 없는 아까운 시간이다. 시간을 헛되이 흘려 보내지 마라. 그러기 위해서는 인생에서 무엇이 소중한 것인지를 알고 그것에 맞게 삶을 사용해야 한다.

주어진 시간을 가치 있고 의미 있는 일에 사용하는 것이 시간을 올바르게 사용한 것이다. 무엇보다도 서로를 사랑하는 일에 시간을 사용하기 바란다. 사랑만은 언제나 우리의 가슴에 남게 되기 때문이다.

하는 일마다
잘되리라

만남이 주는 기쁨도 기쁨이겠지만 멀리서 서로를 생각하고 추억을 공유하며 서로의 기억 속에서 살아 있으니 그 자체로 힘이 되고 기쁨이 된다.

그는 그대로 나는 나대로 서로를 응원하고, 가끔은 목소리 듣고 싶다고 연락할 수 있는 그 자체가 행복이다. 우연히 만나더라도 늘 만나며 지내는 사이처럼 주위의 공기를 따뜻하게 만드는 관계. 우리, 가슴에 좋은 사람 하나는 담아 두고 살아가자. 인생이라는 넓은 정원 속에 예쁜 꽃들이 필 수 있도록.

의지가 힘의
원천이다

힘은 신체적인 역량에서 나오지 않는다,
그것은 불굴의 의지에서 나온다.

– 마하트마 간디

신체적인 조건이 우수한 사람이 강한 힘을 가진 것이 아니다. 역사를 움직이고, 사람들에게 강력한 영감을 주어 행동하게 하는 사람들은 불굴의 의지를 가지고 있었다. 마하트마 간디는 비쩍 말라서 육체적으로는 힘없는 사람이었지만, 비폭력 저항을 주도해 영국으로부터 인도의 독립을 얻어냈다.

친구란 더없이
소중한 존재

친구란 무엇인가?

두 개의 신체에 깃들어 있는 단 하나의 영혼이다.

– 아리스토텔레스

때로는 고독의 시간이 필요하지만 끊임없이 이어지는 외로움은 견디기 어렵다. 인간에게는 우정을 나눌 친구가 필요하다.

고대 그리스에서는 우정을 중요하게 여겼고, 오히려 사랑보다 우정이 더 높게 평가되었다

친밀한 감정을 나누고 자신의 생각을 거리낌 없이 표현할 수 있는 누군가는 우리가 살아가는데 더없이 소중한 존재다.

정답은 내 안에 있습니다

나 자신이 되지 못한 사람에게 삶은 감당하기 힘든 짐이다.

– 카룰 쿠스타프 융

자유롭지 못한 상태에 놓인 자아는 신호를 보낸다. 하지만 시선이 바깥으로 향해 있을 때는 그 신호를 알아채기 힘들다. 남의 목소리에 흔들리는 사람은 내면과의 대화에 귀를 닫고 있는 것과 마찬가지다. 주의를 외부로 돌리면 자신만의 중심을 잡기 힘들다.

삶이 만족스럽지 않고 행복하지 않다. 주의를 내면으로 돌리자. 항상 정답은 내면에 있다.

저마다 서 있는
자리에서

어떤 사람이 불안과 슬픔에 빠져 있다면

그는 이미 지나가 버린 과거의 시간에 아직도 매달려 있는 것이다. 또 누가 미래를 두려워하면서 잠 못 이룬다면 그는 아직 오지도 않을 시간을 가불해서 쓰고 있는 것이다.

과거가 미래 쪽에 한눈을 팔면 현재의 삶이 소멸해 버린다. 보다 직설적으로 표현하면 과거도 없고 미래도 없다. 항상 현재일 뿐이다.

지금 이 자리에서 최선을 다해 최대한으로 살 수 있다면 여기에는 삶과 죽음의 두려움도 발붙일 수 없다. 저마다 서 있는 자리에서 자기 자신답게 살라.

말투 하나가
원인이 됩니다

방어적인 말투는 우리가 비난받았다고 느낄 때 반응하는
방식이다. 이런 말투는 관계를 해칠 가능성이 높다.

– 존 가트맨

부부 싸움의 가장 큰 원인 중 하나는 배우자의 말투라고 한다.
실제로는 싸울 이유가 없는데 단지 말투가 기분 나쁘다는 이유로
다투는 것이다. 자기방어적인 말투는 친절하고 상냥할 수 없다. 이
런 불친절한 말투는 자신이 비난 받고 있다는 생각에서 나온다. 그
생각은 맞을 수도 있고 틀릴 수도 있다. 어떤 경우라도 오히려 다
정한 말로 상대의 진짜 의도를 알아보려고 노력해 보자.

커피 한잔의 행복

아침의 약속을 미소로 가득 넣어 당신과 나 마주 보며 마시는 커피 한 잔은 행복입니다.

열심히 사는 고단함도 한 스푼의 설탕같이 넣어주고 알게 모르게 서운했던 마음들도 프림같이 섞어주며 하늘이 당신과 나를 부를 때까지 우리 오순도순 정겨운 마음으로 살아갑시다.

살아오는 동안 원하는 일보다 원치 않던 일이 더 많이 생기고 즐거운 날 보다 가슴 아픈 날들이 더 기억에 남아도 서로 믿으며 위로하기에 이렇게 웃습니다.

당신에게 남아있는 눈물이 기쁨으로 바뀌고 당신에게 남아있는 작은 한숨이 이제는 노래가 되길 간절한 소망으로 기도하며 시작하는 오늘, 감사한 마음과 함께하는 커피 한 잔은 행복입니다.

희망

생각대로 일이 잘 풀리지 않을 때

아무리 노력해도 뜻대로 되지 않을 때
무엇을 어떻게 해야 좋을지 모르겠을 때

너무 힘이 들어 한 발자국도 꼼짝할 수 없을 때
거대한 벽 앞에 서있다고 느낄 때
천 길 낭떠러지 끝에 서있는 것 같을 때
그래도 그냥 주저앉고 싶지 않을 때

그 순간이 되면 나를 찾아오렴
다시 새롭게 도전할 수 있는
힘을 너에게 줄게

나의 이름은 '희망'이야

추억으로 남겨두고
교훈으로 삼는 것

절대 후회하지 마라.
좋은 일이라면 그것은 멋진 것이다
나쁜 일이라면 그것은 경험이 된다.

— 빅토리아 홀트

세상에 후회할 것은 하나도 없다.

멋진 경험이라면 좋은 추억으로 남겨두면 되고, 나쁜 경험이라면 교훈을 얻었으니 그만이다. 다시는 비슷한 잘못을 저지르지 않으면 된다. 죄책감, 수치심과 같은 감정은 내면의 양심이 우리의 깨달음을 위해 신호를 보낸 것이다.

깨달음을 얻었다면 감정도 흘려보내자.

세상에서 가장
따뜻한 옷

세상에서 가장 따뜻한 옷은 사람이래요.

그래서 추운 날 누군가를 안으면
몸은 물론이고 마음까지 따뜻해지는 것이 사람이래요.
결국 우리는 누군가의 옷일지도 몰라요.
옷깃을 여미게 하는 추운 계절이 점점 돌아오고 있습니다.
누군가에게 몸과 마음을 따뜻하게 해줄 수 있는
그런 따뜻한 옷이 되었으면 좋겠다는
생각이 드는 날입니다.

정신적인 피로에서
벗어 나는 법

피로는 종종 일 때문이 아니라 걱정, 좌절, 분개에서 비롯된다.

– 데일 카네기

육체적인 피로보다 힘든 것이 정신적인 피로다. 사람들 속에서 사회생활을 하다 보면 여러 가지 정신적인 피로감이 든다. 일을 하다 보면 인간적으로 모욕적인 말을 듣기도 하고, 그런 말을 곱씹으며 잠을 설치고 분개하기도 한다.

주변 환경을 짧은 시간 안에 바꿀 수 있으면 좋겠지만, 그것이 힘들면 정신적인 피로에서 벗어나는 자신만의 방법을 찾아보자.

본인의 선택

시간이 지나면 부패되는 음식이 있고
시간이 지나면 발효되는 음식이 있다.

인간도 마찬가지다.

시간이 지나면 부패되는 인간이 있고
시간이 지나면 발효되는 인간이 있다.

우리는 부패된 상태를
썩었다고 말하고
발효된 상태를 익었다고 말한다.

신중하라!
자기를 썩게 만드는 일도 본인의 선택에 달려 있고
자기를 익게 만드는 일도 본인의 선택에 달려 있다.

나

내가 없으면 세상도 없습니다.

자신을 사랑하며 살라고 했습니다.
내가 아프면 다 필요 없습니다.
자신을 챙기면서 사세요.
내가 불행하면 인생도 없습니다.
자신의 행복을 찾으세요.

살아간다는 것은

사람들은 제각각 괜찮은 척하며 살아가는 거지,

괜찮은 사람은 없다.
아프지 않은 척하며 살아가는 거지,
아프지 않은 사람은 없다.
힘들지 않은 척하며 이겨내는 거지,
힘들지 않은 사람은 하나도 없다.

사람들은 보이지는 않지만 모두 자신만의 삶의 무게를 이고 지고 살아간다. 모퉁이를 돌아가 봐야 거기에 무엇이 있는지 확실히 알 수 있다. 가보지도 않고 아는 척해봐야 득 되는 게 아무것도 없다. 바람이 불고 비가 쏟아져 아픔과 고민이 다 쓸려간다 해도 꼭 붙들어야 할 것이 있으니 바로 믿음이라는 마음이다. 오늘도 당신은 아무 일 없는 척하며 살아간다.

순간에 온 마음을
다하는 것

어디를 가든지 마음을 다해 가라

― 공 자

몸이 처지고 기운이 없을 때, 무기력함이 밀려와 아무것도 하기 싫을 때가 있다. 그럴 때는 일부러라도 앞으로 나서자. 강의실에서 가장 앞에 앉아보고, 축구 경기를 보며 큰 목소리로 응원해 보고, 연락이 뜸했던 친구들에게 연락해 보고, 사랑하는 사람들에게 마음을 표현해 보자.

지금 이 순간 경험하는 모든 것은 한번 지나가면 다시 오지 않는다. 마치 흘러가는 강물처럼 돌이킬 수 없다. 이 순간은 온 마음으로 다해 즐기고 몰입해 보자.

그 속에서 열정과 에너지가 솟아난다.

경험한다면
후회하지 않습니다

나이가 들수록 자신이 해보지 않았던 것만 후회한다는 사실을 발견하게 될 것이다

– 재커리 스코트

자신이 연극배우라고 가정해보자.

100번의 연극 무대 기회가 있면 어떤 역할을 하고 싶은가? 아마 100번 모두 같은 배역을 하기보다 되도록 다양한 인물을 연기하고 싶을 것이다.

인생에서의 경험도 비슷하다

반복되는 몇 가지 경험만 계속하기보다는 다양한 경험을 해보고 싶지 않은가? 어느 날 훌쩍 여행을 떠나고 싶다거나 못 해본 일에 도전하고 싶다는 생각이 들 때 그것을 외면하지 말자. 이 세상의 연극 무대가 막을 내릴 때 후회하지 않도록 말이다.

세상의 모든 것은
잠시 빌리는 것

그 무엇에 대해서도 결코 "그것을 잃었다"라고 '말하지 말라', '되돌려 주었다'라고 말하라.

— 에픽테토스

우리는 살아가면서 모든 것을 빌린다.

음식, 물, 공기, 햇빛 등 자연이 준 것뿐 아니라 집, 자동차, 옷 등 다른 사람이 만든 것까지 빌린다.

완전한 소유는 없다.

가족과 친구 등 수많은 인간관계도 잠시 스쳐가는 것이다.

다시 제자리로 돌아가는 것이다.

행복, 행운, 기적

이웃과 좋아하는 사람들과 웃고 즐겁게 지낸다면 그것이 행복(福)이라고 했습니다.

행운(幸運)도 특별한 게 아닙니다. 아픈 곳 없이 건강하게 살아가고 있다면 그것이 바로 행운이 아니겠습니까!

기적(奇蹟) 같은 삶을 사는 것까지도 아주 특별한 게 아니라고 하겠습니다.

아무 탈 없이 하루 하루를 잘 보내며 살아가고 있다면 그것이 기적(奇蹟)이 아니겠습니까.

긍정적인 생각

오늘이 가면, 내일이 온다기에 일찍 잠자리에 들었는데.

아침에 눈을 떠보니 내일은 간데없고, 오늘만 있습니다. 하지만 이제는 알 것 같습니다. 오늘은 내일의 발판이고, 내일은 오늘의 희망 이라는 것을. 너무 잘하려 하지 마세요. 그게 다 나를 힘들게 하는 일입니다. 너무 완벽하게 하지 마세요. 그게 다 나에게 고통을 주는 일입니다. 너무 앞서가려 하지 마세요. 그게 다 나를 괴롭히는 일 입니다. 너무 아등바등 살려 하지 마세요. 그게 다 나에게 스트레스를 주는 일입니다. 조금 더 가볍게 살아가도, 나쁠 건 없습니다.

인복人福과 인덕人德

'인덕'이나 '인복'은, 다 같이 사람들에게서 도움을 많이 받는 것을 말하는데,

내가 별로 잘난 것이 없는 데도, 주변에서 도와주는 사람이 많아, 잘 되는 것이 바로 '인복'이 있는 것이랍니다. 반면 자기 스스로가 이미 언행에 덕이 갖추어져 있어, 남들의 도움을 받을만하여, 받는 것이 바로 '인덕'이라 하더군요.

복은 받는 것이고, 덕은 쌓는 것이니, 당연히 '복'보다 '덕'이 더 소중하고, 더 강한 것이지요. 그러나, 나를 포함한 많은 사람들이 '인복'을 원하면서도 '인덕'을 쌓는 일에는 참으로 인색합니다. 오늘은 우리 모두 '인덕' 쌓는 일에 최선을 다하는 하루가 되었으면 합니다.

마음에 핀 무지개

나를 돌아볼 새도 없이 바쁜 일상과 모두가 지치고 힘든 날 들을 견뎌내고 있는 하루하루입니다.

비 온뒤에 맑게 갠 하늘에 떠오르는 무지개처럼 밝고 다양한 색들을 내 마음에 채워 무지개를 피워내는 시간이 되었으면 합니다.

무지개의 긍정 기운을 받고 행복한 하루를 보내세요.

말 한마디

짧은 말 한마디가 긴 인생을 만듭니다.

무심코 들은 비난의 말 한마디가 잠 못 이루게 하고 정 담아 들려주는 칭찬의 말 한마디가 하루를 기쁘게 합니다.

부주의한 말 한마디가 파괴의 씨가 되어 절망에 기름을 붓고 사랑의 말 한마디가 소망의 뿌리가 되어 열정에 불씨를 댕깁니다.

진실한 말 한마디가 불신의 어둠을 거두어 가고 위로의 말 한마디가 상한 마음 아물게 하며 전하지 못한 말 한마디가 평생 후회하는 삶을 만들기도 합니다.

말 한마디는 마음에서 태어나 마음에서 씨를 뿌리고 생활에서 열매를 맺습니다.

좋은 마음이
좋은 얼굴을 만듭니다

사람의 관상을 보는 것보다 사람의 말을 듣는 것이 낫고,

사람의 말을 듣는 것보다 사람의 행동을 살펴보는 것이 낫고, 사람의 행동을 살펴보는 것보다 사람의 마음을 헤아려 보는 것이 낫다고 합니다.

얼굴보다 말을, 말보다 행동, 행동보다는 마음을 보라는 당부입니다. 좋은 마음이 좋은 얼굴을 만듭니다.

반면 좋은 얼굴을 가지고 있더라도 나쁜 마음을 먹으면 사악한 인상으로 바뀔 것입니다.

운명이 바뀝니다.

지혜로운 사람

어리석은 이는 남을 비방하고 헐뜯지만 지혜로운 자는 그 말을 듣고 자신을 돌아보고 성찰합니다.

남을 비방하면 평생 빈축을 사게 되고 반면 남을 칭찬하고 세워주면 미덕이 되어 축복의 통로가 됩니다. 자신의 입으로 관용의 등불을 밝혀주면 관계가 소통되고 회복되며 마음의 등불을 켜주게 됩니다. 혀 끝으로 내뱉는 말은 아첨이고 마음에서 우러나오는 말은 칭찬입니다. 잘못된 논리로 사람을 설득시키려 들지 마세요. 지나고 나면 남는 것은 적개심 뿐입니다.

마음 밭이 옥토인 사람은 밝고 맑고 깨끗하고 튼실한 말씨를 뿌립니다.

당신에게
전하는 편지

인생이 뜻대로 되지 않는다고 절망하거나 낙담하지 마세요.

아무리 노력한다 해도 최선을 다한다 해도 안되는 일이 있기 마련입니다. 그 일들도 뒤돌아보면 별거 아닙니다. 쉬지 않고 달려야 할 때도 있고 가만히 숨을 고를 때도 있는 법입니다. 놓친 차는 다시 오는 차를 타면 되고 돌아가더라도 그곳에 도착하면 될 일이며 노력해도 안되는 건 놓아 주면 됩니다. 그저 물 흘러가는 대로 그저 바람이 부는 대로 담아두지 말고 고이 보내주십시오.

온유한 마음

아주 소수의 사람만 온유한 입장으로 잘못을 저지른 사람을 대합니다.

온유는 상대와 나를 똑같이 부족하고 모자란 존재로 받아들일 때 생기는 마음입니다. 나도 당신도 언제나 실수할 수 있고 잘못을 저지를 수 있다는 생각이 전제될 때 온유한 마음을 가질 수 있습니다. 온유는 아무나 가질 수 있는 것이 아닙니다. 성숙한 삶의 태도를 지닌 사람만이 가질 수 있는 최고의 미덕이기도 합니다. 사람의 잘못 앞에서 온유하기는 쉽지 않습니다. 하지만 자신의 방법과 태도는 고민할 수밖에 없는 삶의 숙제입니다.

만남의 관계

평생을 가도 첫인상을 남기는 사람이 있고 늘 마주해도 멀게만 느껴지는 사람이 있습니다.

만날 때 즐거우나 돌아서면 슬퍼지는 사람이 있는가 하면 고독할 때 웃어줄 수 있는 편안한 사람도 있습니다.

만남이란 언제나 그런 것입니다.

혼자서 생각해도 돌아서면 누군가 서 있게 마련이고 같이 있다고 해서 언제나 그들이 내 곁에 있으란 법도 없습니다.

기쁘다 해서 애써 찾을 것도 없고 피할 필요도 없습니다.

오면 오는 대로 그저 편안하게 대하면 그 뿐입니다.

양보의 마음

　내가 누군가와 함께 있을 때 편하다면 그 사람이 나에게 보이지 않게 많은 것을 양보해 주는 사람이기 때문입니다.

　누군가 나에게 처음에 잘 대해주는 것을 고맙다고 느끼는 건 쉽습니다. 그러나 우리가 많이 놓치는 건 함께 있을 때 편안함을 느끼게 해주는 그 사람의 양보의 마음입니다. 너무 편안하기에 '그 사람과 있으면 원래 그래'라고 쉽게 생각하는 경향이 생깁니다. 부부든 연인이든 친구든 동료이든 내가 그 사람과 함께 있을 때 편하면 그 사람은 나에게 이미 많은 것을 양보해 주는 사람입니다.

소중한 분에게

나이엔 졸업이 없고,

즐거움엔 정년이 없으며,
건강엔 브레이크가 없고,
인생살이는 되돌아가는 U-턴 길이 없으며,
인생은 다시라는 말이 없고, 쉼표(,)는 있으나
마침표(.)가 없는 것입니다.
좋은 사람은 마음에 담아 두기만 해도 행복합니다.
내가 사랑하는 사람이 건강하시기를
내가 존경하는 사람이 행복하시기를 바랍니다.

감사합니다

내가 서있는 자리는 언제나 오늘입니다.

오늘 나의 눈에 보이는 것이 희망이고 나의 귀에 들리는 것이 기쁨입니다. 짧지 않은 시간들을 지나면서 어찌 내 마음이 흡족하기만 할까요? 울퉁불퉁 돌부리에 채이기도 하고 거센 물살에 맥없이 휩쓸리기도 하면서 그러면서 오늘의 시간을 채워갑니다. 그럼에도 웃을 수 있는 건 함께 호흡하는 사람들이 곁에 있기 때문입니다. 오늘 내 마음의 문을 활짝 열어 긍정의 눈을 떠서 시야를 넓히고 배려의 귀를 열어 소통의 귀를 열어둡니다.

그리고 제게 말합니다.

오늘 내 이름 불러주는 이 있어 감사합니다.

내 삶의 비전은
스스로 구해야 합니다

긍정적인 행동을 취하기 위해 먼저 긍정적인 비전을 개발해야
한다.

– 달라이라마

확신을 갖고 행동하려면 명확한 비전이 있어야 한다 비전은 다
른 사람에게서 주어지는 것이 아니라 스스로 개발하는 것이다. 보
통 사람들은 애매한 소원을 품지만 위대한 사람들은 명확한 목적
을 갖는다. 목적지가 명확하고 그곳에 이르는 계획이 구체적이면
활력이 샘솟는다.

내면의 행복

행복은 소유가 많고 권력이 있음에 좌우되는 것이 아니며

다른 사람처럼 따라 한다고 행복해지는 것도 아닙니다. 행복하려면 세상에서 자신이 가장 행복하다는 생각을 가지고 자신의 마음에 주술을 걸어야 합니다. 행복은 외부에서 만들어져서 내면으로 들어가는 것이 아니라 내면에서 만들어져서 외부로 표출되는 것이기에 자신의 내면의 행복을 전해보세요.

용기와 허세를 구분해라

용기를 갖되 허세 부리지 말라

– 메난드로스

허세 부리는 사람은 실속이 없다. 한번 겁주면 나가떨어지는 객기에 사로잡혀 있다. 어린 나이에는 혈기로 허세를 부릴 수도 있다. 하지만 지긋한 나이까지 진중하지 못하고 허세를 부리는 사람은 꼴불견이다. 이런 사람들은 다른 사람에게 인정받고 싶은 욕구가 지나쳐 절제하지 못한다.

'관심 종자', '관심 병자' 등으로 불리고 싶지 않다면 허세에 주의하자.

행복은 가까이에 있어요

제자리에 있어야 할 것들이 언제나 그 자리를 지키고 있는 것. 그것만큼 행복한 일이 또 있을까요? 사랑하는 사람과 가족들이 아무 일 없이 잘 살고 있는 것. 참으로 고마운 일일 것입니다.

언제나 즐거운 일을 찾고 새롭고 좋아 보이는 것을 가지려 하지만 있을 때는 당연하다 생각되는 것들이 막상 잃고 나면 소중하다는 것을 깨닫는 것처럼 행복이 가까이 있음을 알지 못하고 찾으려 헤매기 때문에 힘든 것입니다.

누군가를 알고 싶다면
그 주변을 봐야한다

우리는 사랑하는 친구들에 의해 알려진다.

– 윌리엄 셰익스피어

그 사람을 알고 싶다면 그 사람이 친하게 지내는 주변 사람을
보면 된다.

가족은 선호하는 것이나 추구하는 바가 달라도 관계가 유지되
지만 친구는 취향이나 가치관이 다르면 관계를 지속하기 어렵다.
취향이 다르면 함께 시간을 보낼 일이 적고, 가치관이 다르면 대화
를 지속하기 어렵기 때문이다.

친구는 철저히 그 사람의 취향과 가치관을 대변한다.

혼자 있는 시간이 친구가 될 수 있다

나는 고독만큼 다정한 동반자를 결코 찾지 못한다.

― 헨리 데이비드 소로

항상 우리 곁에 있으면서 자신의 시간을 내어주고 기분을 맞춰 주고 이야기를 들어줄 수 있는 사람은 드물다. 그런 사람이 곁에 있다면 감사하게 그 시간을 즐기되, 그 시간이 영원히 지속될 거라고 착각하지 말자.

고독이라는 친구는 항상 내 곁에 있다. 아침 해가 떠오르기 직전 고요히 명상할 때, 숲길을 홀로 천천히 걸어갈 때, 슬퍼서 흐느껴 울 때, 항상 내 안의 목소리를 들어주는 친구는 고독이다.

보석같은 사람

누구나가 보석 같은 사람입니다.

때론 자기 자신을 잘 알지 못할 때 가 있습니다. 자신이 얼마나 좋은 사람인지 자신에게서 어떤 향기가 나는지 때론 누군가로 인해 자신을 발견하기도 합니다. 자신은 내가 본 어떤 사람보다도 매력적이고 인간적이며 누구에게나 힘이 되고 등불이 되어주는 사람입니다. 나 아닌 타인에게 그 무엇이 되어준다는 건 그리 쉬운 일이 아닙니다. 누구나 나의 존재에 가치를 줄 수 있는 건 아닙니다. 그건 누구나 할 수 있지만 아무나 될 수 없기 때문입니다. 자신은 그 누구보다도 가장 값진 보석 같은 사람입니다. 그 보석을 함부로 여기지 마십시요. 그 보석을 감정할 수 있는 사람만이 그 가치를 아는 법입니다.

열망으로 탁월함의
문을 두들겨라

승리에의 의지, 성공의 욕망,
잠재력을 완전히 발현하려는 충동이 탁월함의 문을 여는 열쇠다

― 공 자

어미 새가 벌레를 잡아와 새끼들에게 나누어 줄 때, 달라고 있
는 힘껏 울부짖는 새끼에게 먼저 눈길이 갈 수밖에 없다

자신이 가진 능력을 최대한으로 개발해, 성공하고 행복해지겠
다는 열망을 가져야 탁월함에 이를 수 있다.

간절하게 잠재력을 깨우자

그러면 원하는 것을 얻고 성공할 수 있다.

아첨하는 자를
경계하라

아첨하는 법을 아는 사람은
타인을 헐뜯는 법도 잘 알고 있다

– 나폴레옹 보나파르트

아첨하는 자는 믿을 수 없다. 아첨은 자신의 속마음과는 다르게 거짓을 말하거나 과장해서 말하는 것이다.

옳고 그름이 기준이 아니라 상황과 상대의 기분이 기준이 된다.

공자도 '아첨하는 자 중에는 의로운 사람이 드물다.'라고 했다. 꿀 같은 혓바닥을 가진 사람은 상대의 기분을 맞추고 그들은 남의 단점을 크게 부풀리는 데 능하다.

나를 깎아내리는
말에는 가치를
두지 않는다

모욕당하는 방법은 그것에 굴복하는 것이다

– 윌리엄 해즐릿

상대의 말, 행동, 표정을 곱씹으면서 괴로워하지 말자. 그것들
에 흔들릴수록 상대의 좋지 않은 의도에 놀아나는 것이다. 상대에
게 배울 점이 있다면 그것만 취하자. 상대는 자신이 무엇을 말하는
지도 모르고 말을 내뱉는 경우도 많다.

그가 중요하게 여기는 가치를 생각해 보면 얼마나 유치한지
깨닫고 피식 웃음이 나올 것이다.

듣는 능력

　"왕이 되는 것보다 더 높은 성공의 경지에 올랐다."라는 뜻으로 쓰는 한자가 '성'(聖)이다. 음악에서 최고 경지를 악성(樂聖), 바둑은 기성(棋聖), 시의 최고 경지는 시성(詩聖), 인간 최고의 경지에 오른 사람을 성인(聖人)이라 부른다.

　이렇게 인간이 도달할 수 있는 최고의 성공 경지 핵심에 있는 '성(聖)'자는 耳(귀이)와 口(입구) 그리고 王(임금 왕) 자, 이 세 글자의 뜻을 함축한 글자이다. 귀(耳)를 맨 먼저 쓰는 이유는 남의 마음을 얻기 위해서는 듣는 것이 최우선이기 때문이다. 다 듣고 난 후에 입을 열어야 상대가 만족하기 때문에 입(口)을 나중에 쓰게 만든 것이고, 마지막에 왕(王) 자를 넣은 것은 "먼저 듣고, 나중에 말한다는 것은 왕이 되는 것 만큼 어렵다."라는 뜻이다.

　공자도 60세가 되어서야 "이순의 경지에 도달했다."라고 했을 정도로 어려운 것이 먼저 모두 다 듣고 나중에 말하는 것이다.

몸에 좋은 10대 건강식품은

토마토, 브로콜리, 귀리, 연어, 시금치, 견과류, 마늘, 머루, 적포
도주, 녹차다. 그러나 10대 건강식품보다 훨씬 효능이 좋지만 팔
지도 않고 돈으로 살 수도 없는 신비의 약이 있다. 인생의 5가지
신비의 약으로는

첫째, 웃으면 나오는"엔도르핀"은 스트레스를 해소해 준다.

둘째, 감사하면 나오는"세로토닌"은 우울함을 없애준다.

셋째, 운동하면 나오는"멜라토닌"은 불면증을 없애준다.

넷째, 사랑하면 나오는"도파민"은 혈액순환에 좋다.

다섯째, 감동하면 나오는 "다이돌핀"은 만병통치약이다.

건강을 위한 신비의 약은 돈으로 살 수 있는 게 아니라 당신의
마음속에 있다. 오늘도 기쁨. 사랑. 행복. 건강이 함께하는 미소 짓
는 하루가 되고, 작은 것에서도 의미를 찾아 기쁨과 즐거움 만끽하
는 오늘이 되길 희망한다.

지혜로운 사람

생각이 말이 되고 말이 행동이 되고 행동이 습관이 되고
습관이 업이 되며 업이 운명이 되어 인생을 결정짓는다.

― 법구경

사람들은 누구나 자신의 삶이 평안하기를 원한다. 하지만 안타
깝게도 몸이 있으면 괴로움이 따르기 마련이다. 인생살이에 평안
함과 괴로움은 수레의 두 바퀴처럼 공존한다.

지혜로운 사람은 인생살이 돌아가는 이치를 알기에 좋은 일이
있다 하여 기뻐 날뛰지 않고, 나쁜 일이 닥친다고 하여 크게 낙담
하지도 않는다.

단지, 주어진 환경에 최선을 다하며 삶을 밝게 만들어가는 사람
의 인생길은 언제나 즐겁기만 하다.

삶 그 자체가
희망이라는 것을

"'지금이 최악이야'라고 말할 수 있는 한 아직 최악은 아니다"

– 윌리엄 셰익스피어

최악은 말할 수조차 없는 상태이다. 말할 정신이 있다면 아직 무엇인가 할 수 있는 기회가 있는 것이다. 자신의 상황을 최악이라 규정짓는 비관주의에서 벗어나자 삶에 대해 한탄하고 의기소침해 할 시간이 있다면 빠져나갈 방법을 찾자 어딘가에는 당신의 문제를 해결할 방법이 있다.

우주에서 주는 힌트를 놓치지 말자. 멍청하게 신세 한탄만 하고 있으면 우연히 들려오는 광고, 손에 잡히는 책, 친구의 제안을 놓쳐버리게 된다.

말을 아껴야 할 때와
꼭 해야 할 때

악의 현장에서 침묵하는 자들의 존재는
흐릿한 선과 악의 경계를 더욱더 희미하게 한다.

— 필립 짐 바르도

말을 아껴야 할 때가 있고, 꼭 말을 해야 할 때가 있다. 다른 사람에 대한 비난이나 쓸데없는 소문 퍼나르는 일에는 말을 아껴야 한다. 하지만 정의와 양심을 위해서는 말을 아끼지 말아야 한다.

올바르지 않은 일을 자행되는 악을 현장에서 침묵하는 것은 비겁하며 그것에 암묵적으로 동조하는 것으로 여겨질 수 있기 때문이다.

악의 현장에서 침묵하지 않는 사람이 많아질 때 세상은 좀 더 정의로워질 것이다.

버릴 수도 끌어안을
수도 없는 욕망

젊었을 때는 남보다 더 갖고 싶고, 더 성공하고 싶은 욕망,

그 끝없는 물질적인 욕심, 그 들끓는 욕망에 사로잡혀, 채워지지 않는 데서 오는 고통. 말도 안 되는 것 때문에 얼마나 괴로워했던가.

지나친 욕심, 자연스럽지 못한 욕망의 노예가 되어 만족을 모르고, 행복을 느끼지 못하고 살았었다. 나에게 알맞은 것을 원하고 순리를 따르며, 과도한 욕망과 집착에 매달리지 않았으면 조금은 더 만족을 느끼고 더 행복했을 텐데. 기대를 갖고 바라는 것. 즉 '그렇게 되었으면 좋겠다'는 것이 희망이요. '가지거나 누리고자' 욕심을 내는 것 즉 확실히 손에 넣고 싶다는 뜻이 욕망이다. 희망도 강렬해지면 욕망과 비슷해지는 것 같다. 자기가 지배할 수 있을 정도의 욕망을 가져야 하는 것 같다.

너무 많아서 끌려다녀도 안되지만, 너무 부족해서 의욕이 떨어지지 않을 정도의 욕망을 가져야 한다. 적절한 욕망은 삶의 활력소가 되는 것 같다.

오류를 인정하는 용기

인간은 자신이 틀렸다는 것을 인정하지 않으려다 더 큰 실수를 저지르는 어리석은 존재다.

— 레온 페스팅거

누구나 틀릴 수 있다. 하지만 자신의 실수를 인정하는 사람은 드물다. 자신과 의견을 분리할 수 없기 때문에 자신의 오류를 인정하기 어려운 것이다. 자신의 오류를 인정하는 데는 용기가 필요하다. 의견은 의견일 뿐이다. 누군가가 그 의견을 공격하거나 비난하는 것이 의견을 낸 사람을 비난하는 것은 아니다.

황금인생을 만드는 다섯가지 부(富)

돈, 시간, 친구, 취미, 건강 이 다섯 가지 부자가 되어야 한다.

첫째 "돈부자"는 얼마나 가졌느냐가 아니고 얼마나 쓰느냐에 달려있다. 둘째 "시간부자"는 어느덧 인생의 2분의 1 아니 4분의 3이 끝났다. 쓸데없는 일에 낭비하여 쫓기는 시간 가난뱅이가 되지 말고 시간부자가 돼라. 셋째 "친구부자" 친구가 많은 사람은 인생 후반이 넉넉한 진짜 부자다. 넷째 "취미부자"는 늘 생기가 넘친다. 즐길 수 있는 일이 있어 나날이 설레기 때문이다. 지금이라도 취미부자가 되도록 해야 한다. 다섯째 "건강부자"는 건강이 빈곤하면 위의 모든 것이 무의미해진다. 특히 다리부터 튼튼해야 한다. 나이 들면 여행을 가도 멋진 풍경이나 훌륭한 예술보다 의자부터 먼저 눈에 띈다. 일찍부터 건강 재산을 쌓아나가도록 하라.

– 이시형 박사가 쓴 "人生內功" 중에서

행복한 사람

　여자는 민낯으로도 만날 수 있는 남자를 만나야 되고 남자는 지갑이 없이도 만날 수 있는 여자를 만나야 된다.

　여자의 지조는 남자가 빈털터리가 되었을 때 드러나고 남자의 지조는 그가 모든것을 다 가졌을 때 드러난다. 많은 시간을 보냈다고 절친한 것도 아니고 자주 못 만난다고 소원한 것도 아니다. 장점을 보고 반했으면 단점을 보고 돌아서지 말아야 한다. 사람이 살아가는데 최고의 자산은 좋은 사람과의 관계이다.

　불행을 겪는 사람을 보면 아무 일 없이 지내는 게 얼마나 행운인 건지 힘겹게 살아가는 사람을 보면 내 인생이 얼마나 큰 복인 건지 깨닫게 된다. 감사할 조건을 찾아보면 생각보다 많고 행복할 이유를 세어보면 의외로 넘쳐난다. 이 세상엔 나보다 힘들고 어려운 사람도 많다. 다만 자신의 고통을 가장 크게 보기 때문에 불행한 마음이 들게 되는 것이다. 나 자신은 충분히 행복한 사람입니다.

결과보다
노력의 과정을

자신에게 달려 있지 않은 것을 얻으려고 할 때 남들과 같은
노력을 쏟지 않으면서 같은 것을 요구할 수 없음을 기억하라

— 에픽테토스

우리는 성공한 누군가를 부러워할 때 그 사람이 그것을 얻기 위해서 어떤 과정을 거쳤는지, 얼마나 노력했는지에는 크게 관심을 두지 않는 것 같다. '운이 좋았겠지', '좋은 부모를 만났겠지'라고 지레 짐작한다.

한 분야에서 탁월한 성과를 낸 사람은 보통 사람들이 상상할 수 없을 정도로 노력한다. 바라는 것이 있다면 그것을 이미 이룬 사람들이 어떤 노력을 기울였는지 확인해 보자

나는 내가 만듭니다

나는 내가 만듭니다.

모래가 방에 있으면 쓰레기라 하고 공사장에 있으면 재료라고 합니다. 오물이 방에 있으면 더러운 거지만 밭에 있으면 거름이라고 합니다. 남편 때문에 못 살겠다고 하지만 혼자 사는 사람에게는 남편이 있다는 것이 자랑처럼 들립니다. 직장 생활이 힘들지만 직장 없는 사람에게는 직장 있는 것만으로도 부럽습니다.

매사 부정적으로 보면 불행하고 긍정적으로 보면 행복합니다.

그래서
나는 내가 만듭니다.

결심했다면 실행으로
이어져야 합니다

모든 일의 시작은 위험한 법이지만, 무슨 일을 막론하고
시작하지 않으면 아무것도 시작되지 않는다.

– 프리드리히 니체

생각만 해서 이루어지는 일은 없다. 돛단배를 타고 목적지로 가
는 것으로 비유해 보자. 생각은 돛단배를 앞으로 밀어주는 바람이
다. 바람만으로 배가 목적지에 닿지는 않는다. 노를 저으면서 시시
때때로 방향을 조정하는 것은 온전히 뱃사람의 몫이다. 뱃사람이
결심하고 노를 저어야 배가 원하는 방향으로 나아간다.

결과를 받아들이는
용기

과거와 현재 행동으로 인한 불쾌한 결과를 인정할 수 있는
용기를 가져라.

— 존 듀이

사람은 자기 마음이 현실에 드러나는 것으로 평판을 얻는다. 다
른 사람의 마음과 생각을 정확히 알 수 없지만 마음의 그림자는 볼
수 있다. 마음이 말과 행동으로 드러나기 때문이다.

엄밀히 말하면 '마음에도 없는 말', '마음에도 없는 행동'은 없
다. 말과 행동은 마음을 그대로 표현해 준다. 지금까지 자신의 행
동은 모두 마음의 그림자다. 그에 따른 모든 결과를 인정할 수 있
어야 한다.

호기심은
새로운 발견

불타는 호기심이 없으면, 중대한 새로운 발견을 해낼 만큼
긴 시간 인내할 수 없다.

— 미하이 칙센트미하이

모든 일에는 때가 있고, 시간이 필요하다. 벚꽃은 1주일 정도 피었다가 눈꽃처럼 흩날린다. 병아리가 껍데기를 깨고 나오는 것을 보려면 21일을 기다려야 한다. 인내심은 그냥 생기지 않는다. 새로운 발견에 대한 호기심이 필요하다.

판단하지 않고
받아들이면

좋고 나쁜 것이란 없다 생각이 그렇게 만드는 것이다.

– 윌리엄 셰익스피어

우주는 판단하지 않는다. 그저 모든 것을 수용한다.

하지만 우리는 고정관념의 잣대로 모든 것을 판단한다.

종일 스스로 하는 말을 잘 생각해 보라.

'이래서 좋다' '저래서 싫다' 하는 의견이 대부분일 것이다.

좋고 나쁜 것은 없다.

우리의 생각이 모든 것을 판단하고 있는 것일 뿐이다.

한두 마디 말보다
더 값진 것

말은 오해의 근원이다.

— 생텍쥐페리

　생텍쥐페리의 『어린 왕자』에는 사막여우와 어린 왕자가 서로를 길들이는 과정이 나온다. 길들임은 말 한두 마디로 되는 것이 아니다. 드라마에 나오듯 '오늘부터 1일'이라고 말한다고 길들여지는 것이 아니다.

　길들임에는 인내와 시간이 필요하다. 매일매일 조금씩 가까워지는 것이 길들임의 과정이다. 바람에 장미가 상할까 유리 덮개를 덮어주며 매일 돌보아야 비로소 상대의 발소리에 설레는 것이다.

시도하지 않는 것이
불행한 것

실패하면 아마도 실망할 것이다.

하지만 시도조차 하지 않으면 불행해지고 말 것이다.

— 비버리 힐스

어떤 것을 시도할 때 실패하면 어쩌나 하고 두려울 수 있다. 하지만 실패에서 오는 작은 좌절은 그렇게 무서운 것이 아니다. 정말로 두려워해야 할 것은 이번 삶의 과제를 완수하지 못하고 불행하게 삶을 마감하는 것이다. 실패 속에서 성장할 수 있고 행복의 씨앗을 발견할 수 있다.

배움에 대한
호기심

사람들은 내재적인 동기, 자부심, 자존감, 배우려는 열망,
학습의 기쁨을 타고난다.

– 에드워즈 데밍

우울하고, 도무지 의욕이 없고,
무엇을 해도 기운이 나지 않고,
아무것도 하고 싶지 않을 때가 있다.
이는 내면의 본성에서 멀어진 상태다.
인간에게는 배움을 향한 욕구가 있다.
무엇인가 깨달았을 때 희열을 느낀다.
이 본성에서 멀어졌을 때 무기력적인 증세를 보인다
배움에 대한 호기심을 잃지 말아야 한다.

닮아 간다는 것은
사랑의 증거

누군가를 사랑한다는 것은 상대와 자신을 동일시하는 것이다.

– 아리스토텔레스

누군가를 사랑하면 그 사람과 닮아간다.

상대의 말투, 좋아하는 음식이 비슷해진다.

사고방식이나 습관이 같아지기도 한다.

사랑하는 사람과 자신도 모르게 조금씩 닮아가면서 상대와 자신을 연결하고 하나라고 생각한다.

불행의 근원은 분리함이다.

상대와 나를 동일시하면서 분리되어 있다는 느낌을 해소한다.

닮아 간다는 것은 사랑의 증거이다.

아침을 읽는다

제우스가 행복의 신에게 '행복'이란 씨앗을 주며

그에게 적절한 곳을 찾아 그 씨앗을 숨겨 두고 오라고 말했다. 행복의 신은 말했다.

"아무리 생각해도 바다 깊은 곳이 좋을 것 같아요. 거친 파도와 풍랑을 이겨내는 사람만이 찾을 수 있도록 말이에요."

제우스는 말없이 고개를 저었다. 그러자 행복의 신은 다시 말했다.

"그럼 세상에서 가장 높은 산 위에 숨겨둘까요? 용기와 도전장을 지닌 사람만이 찾을 수 있도록 말이에요."

여전히 제우스는 고개를 저으며 그에게 이렇게 말했다.

"사람이 가장 찾기 어려운 곳은 바로 자신의 마음속이니, 그 씨앗을 사람들의 마음속에 하나씩 뿌려 두고 오너라."

즐거움도 행복도 모두 우리의 마음속에 숨겨져 있다. 어찌해서 우리 자신의 마음속을 들여다보는 일은 그토록 어려운 것일까? 가까이 있는 행복을 발견하지 못한 채, 그것을 포기해 버리는 일은 행복의 신이 진정으로 바라는 것은 아닐 것이다.

재능은 노력이
더해질 때

천재는 노력하기 때문에 한 분야에서 뛰어난 것이 아니다.
그들은 뛰어나기 때문에 노력한다.

– 윌리엄 해즐릿

한 분야에서 '천재' 소리를 들을 정도면 재능은 물론이고 노력
도 필요하다. 마이클 조던, 코비 브라이언트, 르브론 제임스 등
NBA 최고의 농구선수들은 하나같이 어릴 때부터 농구 재능을 인
정받았다. 그들은 재능에 만족하지 않고 최고가 되기 위해 노력
을 게을리하지 않았다. 모두 지독한 연습 벌레였다. 그들은 최정
상의 자리에 오른 뒤에도 연습장에 가장 일찍 나가 수백 개의 공
을 던지고 나서야 경기에 나섰다. 재능은 노력이 더해질 때 더욱
빛이 난다.

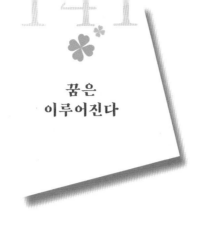

꿈은
이루어진다

꿈은 이루어진다. 이루어질 가능성이 없었다면
애초에 자연이 꿈꾸게 하지도 않았을 것이다.

– 존 앱디이크

꿈꾸는 능력은 인간이라는 존재가 가진 신적인 능력이다. 꿈꾸지 않았다면 인류는 지구상의 최상의 포식자인 '짐승'으로만 남아 있었을 것이다. 꿈은 언젠가 어떤 방식으로든 이루어지는 속성을 갖고 있다. 하늘을 날고 싶다는 꿈, 달 나라에 가보고 싶다는 꿈, 멀리 떨어진 사람들과 이야기하고 싶다는 꿈은 비행기의 발명, 우주항공기술의 발달, 통신 수단의 발달로 모두 이루어졌다. 꿈은 이루어지라고 있는 것이다.

행동을 바꾸려면
바로 지금

사람들은 자신의 행동을 바꿔야 한다는 것을 알고 있다.
하지만 지금 바로 바꾸려고 하지는 않는다.

– 로버트 치알디니

'나도 언젠가'을 입에 버릇처럼 올리는 사람이 있다. 그렇게 변화를 뒤로 미루는 사람에게 '언젠가'는 절대 오지 않는다. 자신에게 좋은 것이 있다면 마루지 말고 지금 당장 실천해 보자. 머리로는 좋다고 생각하지만 그것을 실천하는 것은 귀찮기 때문이다. 지금 당장 행동하는 사람은 성장하고, 그렇지 않은 사람은 평생 '언젠가는'이라는 저주의 주문만 되뇔 것이다. 행동을 바꾸려면 지금 바로 실행해야 한다.

한계의 말은
마음에 담지 말아야

사물을 있는 그대로 보라.

– 마르쿠스 아우렐리우스

사물이나 사람에 대한 다른 누군가의 견해를 그대로 따라가는 것을 경계해야 한다. 특히 제멋대로 당신의 잠재력을 무시하고 능력을 한계 짓는 사람의 말은 절대 마음속에 담아 둘것이 못된다.

음반으로 녹음된 최초의 성악가로 알려진 엔리코 카루소는 노래와는 거리가 먼 목소리라는 담임 선생님의 혹평을 들었지만, 성악가의 꿈을 이루고 세계적인 테너로 활약했다.

토머스 에디슨은 지능이 모자라 아무것도 배울 수 없는 아이라는 이유로 퇴학 당했지만 최고의 발명왕이 되었다. 한계를 부여하는 말은 마음에 담지 말아야 한다.

실패를 통해
단련하는 자세

강한 자는 실패를 통해 더욱 강해진다.

— 생텍쥐페리

어릴 적 학교 앞에서 작고 노란 병아리를 바구니에 담아 파는 장면을 종종 볼 수 있었다. 그 병아리를 커다란 닭으로 키워내는 경우는 흔치 않았다. 그런데 한 친구는 병아리를 항상 어른 닭으로 키우는 데 성공했다. 그 방법은 병아리를 물에 빠뜨리는 것이었다. 병아리는 물속에서 살아남기 위해 헤엄을 치면서 체력을 기른 것이다. 약해 보인다고 가만히 두면 더 약해진다. 실패나 시련은 살아가기 위한 체력을 단련하는 기회가 될 수 있다.

멀리까지
생각하는 힘

사람이 멀리까지 생각하지 않으면
반드시 가까운 근심이 있게 된다.

— 공 자

깊이 생각하고 멀리까지 내다볼 수 있어야 한다. 눈앞의 작은 것만 생각하면 잠재적으로 위험이 되는 큰 것을 놓칠 수 있다. 임진왜란 직전 조선의 사대부들은 동인과 서인으로 나뉘어 서로 헐뜯기 바빴다. 당시 정권을 잡고 있던 동인들이 당파의 이익만을 쫓지 않고 좀 객관적인 시각을 가졌다면, 일본의 침략을 충분히 대비할 수 있었을 것이다. 욕심을 걷어내면 멀리 내다보는 데도 도움이 된다. 사람은 멀리까지 생각하는 힘을 길러야 한다.

'한 번 더'

성공하는 가장 확실한 방법은 '한 번 더' 시도해 보는 것입니다.

– 토머스 에디슨

중간에 그만두는 사람은 실패하고, 될 때까지 '한 번 더' 시도하는 사람은 성공한다. 중도에 멈추는 사람은 합리적인 현실주의자다. 현실의 조건, 자신의 역량 등을 고려해서 이성적으로 판단해 봤을 때 성공할 확률이 높지 않기 때문에 그만둔다.

합리적이지만 이루는 것은 없다. 끝까지 하는 사람은 이상주의자다. 능력, 자원, 시간이 부족해도 좌절하지 않고 의욕을 불태운다. 해낼 수 있다는 자신감과 꼭 해야만 한다는 소명의식으로 밀어붙인다. 무모해 보이지만 결국 이뤄낸다. '한 번 더'라고 말하는 사람이 결국 해낸다.

내면의 이끌림을
따르는 삶

내면의 이끌림을 따르지 않으면 활력과 힘이 빠지고,
영적인 죽음을 느끼게 된다.

– 삭티 거웨인

내적인 충동을 따르지 않은 삶은 '영혼이 없는 삶'이다.

'가슴이 뛰는 삶', '진정 원하는 것을 따르는 삶'이 진짜 삶이다.

이런 표현이 너무 거창하게 들린다면 '마음에 불편함이 없는
삶', '거리낄 것이 없는 삶'이라고 해도 좋다.

내면의 이끌림을 따르는 것은 삶의 주도권을 자신이 쥐는 것이
다. 정신적인 자유가 중요하다. 감사와 기쁨 가득한 내면의 이끌림
을 따르는 삶을 살자.

될 수 있을 법한 존재

현재 어떤 존재가 아니라면 '나는 될 수 있을 법한 존재'가 되련다.
될 수 있을 법한 존재란 별을 향해 뻗어나가는 '아마도'의 존재이
기 때문이다.

– 밀턴 벌리

무엇인가 되고 싶은 목표가 있는데 지금 자신이 그 모습과 거리
가 멀다고 실망할 필요 없다. 미래는 어떤 식으로 펼쳐질지 알 수
없다. 어떤 희망을 품고 어떤 노력을 기울이는지에 따라 미래는 달
라진다. 진흙에 어떤 숨결도 불어넣지 않고 가만히 내팽개쳐두면
볼품없이 굳어져버려 쓸모없게 된다. 하지만 훌륭한 장인을 만나
면 멋진 작품으로 탄생할 수 있다. 우리는 무엇이든 될 수 있다.

사람은 누구나
향기를 품은 꽃

다른 사람들의 긍정적인 면을 찾으려 훈련해 보라.

그들에게서 너무나 많은 장점을 발견할 수 있다는 사실에 놀랄
것이다.

– 앨런 로이 맥기니스

들판에 가면 이름 모를 꽃과 잡초가 가득하다. 미워 보인다고
하나하나 뜯어 버리면 모두가 다 잡초다. 하지만 작은 들꽃이라도
아름다운 점을 보면 모두가 다 빛나는 꽃이다. 사람도 마찬가지다.
다른 사람의 부정적인 면을 보면 끝도 없다. 하지만 긍정적인 면,
장점을 보려고 하면 누구나 장점이 있다는 것을 발견할 수 있다.
사람은 누구나 각자의 향기를 품은 꽃이다.

사랑은 소유하는
것이 아니다

사랑의 반대말은 소유욕이다.

― 생텍쥐페리

사랑은 꽉 쥐고 가둬두는 것이 아니라 자유롭게 놓아주는 것이다. 손에 쥐려고 하면 할수록 멀어지는 것이 사랑의 속성이다. 나라는 울타리 안에 상대를 가둬두려는 소유욕은 이기심이다. 소유욕은 상대에게 금세 들통나고, 이기심은 사랑에 균열을 만들기 시작한다. 사랑은 자유로움과는 가깝고, 속박과는 멀리 떨어져 있다. 소유욕은 잃을지도 모른다는 두려움이다. 사랑은 두려움과는 완전히 반대의 속성임을 잊지 말자. 사랑은 소유하는 것이 아니다.

문제에 대한
문제

현실적인 문제를 제대로 인식하면 해결을 위해 노력할 것이다.
하지만 어리석게 속상해하면 '문제에 대한 문제'를 얻게 된다.

– 엘버트 엘리스

어떤 문제가 생겼을 때는 감정을 배제하고 그 문제 자체를 차분
히 들여다보는 것이 좋다. 그 문제가 발생한 상황을 평가하고 해석
하고 그것에 감정을 이입하는 순간, 문제 해결의 본질에서 벗어나
기 시작한다. 문제를 제대로 인식하고 해결책을 찾는 데 힘을 집중
해야 한다. 분노하고 후회하고 걱정해도 문제는 그대로 남아 있다.
아니, 오히려 그 문제는 더 커질 뿐 아니라 그 문제에 대한 다른 문
제가 계속해서 생겨난다. 감정은 더 많은 문제를 불러온다.

자신에 대한 믿음

겸손하지만 합리적인 자신감 없이는
성공할 수도, 행복할 수도 없다.

– 노먼 빈센트 필

무슨 일이든 자신의 능력을 신뢰해야 이루어낼 수 있다. 하지만 근거 없는 자신감이라면 교만으로 흐르기 쉽다. 자신에 대한 믿음은 구체적 일수록 좋다. 객관적으로 자신을 바라보고 어떤 점이 강점인지 생각해 보자. 장점이 생각나지 않는 것은 그동안 자신과의 대화에 소홀해서다. 자신에 대한 믿음은 구체적일수록 좋다.

창조의 과정은
외로움

작가는 완전한 외로움 속에서
설명할 수 없는 것을 설명하려 한다.

— 존 스타인벡

일필휘지로 글을 써내는 작가는 세상에 존재하지 않는다. 작가들은 글을 한 번 쓴 뒤에 고치고 또 고친다. 영혼까지 쥐어짜 내 글을 쓴다. 이 과정은 그 누구도 도와줄 수 없다. 외로움 속에서 스스로 겪어내야 하는 과정이다. 창조는 외로움 속에서 일어난다

내가 원하는
삶을 사는 사람

인간에게 의식적인 노력으로 자신의 삶을 끌어올릴 능력이 분명히 있다는 것보다 더 용기를 주는 사실은 없다.

– 헨리 데이비드 소로

지금의 삶이 만족스럽지 않은가? 삶은 바뀔 수 있다. 원하는 삶의 모습을 그려보고 이미 그런 삶을 사는 사람을 스승으로 삼자. 그리고 그가 그렇게 되기까지 어떤 노력을 기울였는지, 어떤 방법을 활용했는지 확인하자. 직접 만나면 가장 좋고, 인터뷰 기사나 책 등을 통해서 정보를 얻어도 좋다. 내가 원하는 삶을 사는 사람을 멘토로 삼아야 한다.

성숙이란

성숙이란 어릴 때 놀이에 열중하던
진지함을 다시 발견하는 데 있다.

– 프리드리히 니체

어릴 때는 놀이가 삶의 전부다. 친구들과 술래잡기, 숨바꼭질, 공놀이 등을 하며 신나게 놀다 보면 배가 고픈지도, 해가 넘어가는 지도 모른다. 잠자리에 들면서도 다음날 놀 생각에 설렌다. 어떤 일에 어릴 적 놀이에 집중했던 것만큼 몰입하기란 쉽지 않다 시급하게 처리할 일, 해야 할 일이 너무 많고 어떤 것을 선택해서 집중해야 할지 확신하기 쉽지 않다. 시간을 두고 자신의 길을 찾아보자. 자신의 길을 찾는 데 시간을 들여야 한다.

생각하기
나름

어떤 일이 생기든 거기에서 어떤 이익을 얻을지는
나에게 달려 있다.

– 에픽테토스

생각을 어떻게 하느냐에 따라 어떤 상황에서든 이익을 얻을 수
있다. 여기서 이익은 자신에게 도움이 되는 모든 것이다. 실연을
당했다면 자신을 위해 시간을 투자할 기회라고, 실직했다면 당분
간 가족과 시간을 보낼 기회라고, 다리를 다쳐 입원했다면 미뤄 두
었던 책을 읽을 수 있는 기회라고 생각할 수도 있다. 어떤 상황이
든 생각하기 나름이다.

내가 선택한
현실

낙관론자는 우리가 가능한 모든 곳 중 가장 좋은 세상에서 살고 있다고 주장한다. 그리고 비관론자는 그 말이 사실일지도 모른다고 걱정한다.

– 제임스 브렌치 캐벌

우리는 지금의 현실을 선택했다. 지금의 삶은 당신의 진정한 자아가 선택한 삶이다. 이런 관점을 받아들인다면 비 현실적인 낙관론자가 아니라 진정한 낙관론자가 될 수 있다. 자신이 선택한 삶이 어떻게 펼쳐질지 기대하면서 살아갈 수 있다. 가능한 모든 현실 중 각자에게 가장 알맞은 것을 선택했다. 그러니 지금이 가장 좋은 세상이다. 내가 선택한 현실을 낙관적으로 바라보아야 한다.

시간은 항상
진실의 편

모든 진실은 세 단계를 거친다.
첫째, 조롱당한다.
둘째, 극심한 반대에 부딪힌다.
셋째, 자명한 진실로 받아들여진다.

                           - 쇼펜하우어

　모든 진실과 신념은 처음에는 쉽게 받아들여지지 않는다. 그것을 이해하지 못하는 사람들이 처음에는 비웃는다. 그러다 조금씩 진실에 동조하는 사람이 늘어나면 격렬한 반대에 부딪힌다. 기존의 상식을 무너뜨리려는 시도로 비치고 배척당한다. 하지만 진실은 시간이 지나면서 밝혀지기 마련이다. 이 과정은 사회적으로나 개인적인 차원에서나 큰 차이가 없다. 시간은 항상 진실의 편이다.

침묵 속에
지혜

침묵을 통해 영혼은 더욱 밝은 빛 속에서 길을 찾는다.
모호하고 기만적인 것은 결국 명확하게 밝혀진다.

─ 마하트마 간디

피상적인 문제들은 친구와 가볍게 수다 떨다가 해결되기도 한다. 간단한 논리나 지식으로 해결 가능한 경우다. 하지만 지혜가 필요한 질문이나 자신이 가야 할 길을 찾는 일에는 침묵이 필요하다. 입을 열면 의식이 밖을 향하지만 입을 닫으면 안을 향한다. 지혜는 내면으로 향해야 얻을 수 있는 것이다. 침묵해야 삶의 지혜를 얻을 수 있고 본질을 볼 수 있다. 풀리지 않던 문제도 본질을 꿰뚫어 보면 답이 보인다. 침묵 속에 지혜가 있다.

꿈꾸던 삶을 향해 모험을 시작

당신이 할 수 있는 가장 큰 모험은
바로 당신이 꿈꿔오던 삶을 사는 것이다.

– 오프라 윈프리

누구나 꿈이 있다. 그것이 명확한지 모호한지 차이가 있을 뿐이
다. 꿈을 이룬 사람은 또 다른 꿈을 꾼다. 꿈을 이룬 경험이 있기에
더 큰 꿈을 꿀 수 있다. 꿈을 현실로 만드는 것은 모험심이다. '이
건 꿈일 뿐이지. 어떻게 내가 그렇게 되겠어'라는 생각으로 지금
손에 쥐고 있는 것을 놓지 못하면, 꿈은 영원히 꿈으로만 남게 된
다. 꿈꾸던 삶을 향해 모험을 시작하자. 현실에 안주하면 꿈에 닿
을 수 없다.

한계는 스스로
만드는 것

우리가 전투에서 패배하는 첫 장소가 바로 자신의 생각 속이다.
한계에 다다랐다고 생각하면 정말 한계에 다다른 것이다.

– 조엘 오스틴

그 누구도 '당신의 한계는 여기까지'라고 말하지 않는다. 한계는
스스로 만드는 것이다. 목적을 달성하지 못하는 경험을 여러 차례
하면서 '내 한계는 여기까지 인가 봐'라고 한계선을 긋는다. 하지
만 인간은 본래 한계가 없는 존재다.

인류 역사상 수많은 천재, 위인, 현자가 자신들의 삶으로 증명
해 보였다. 한계는 스스로 만드는 것이다.

사랑을 체험하지
못하는 삶

자신만을 사랑하는 사람보다 외로운 사람은 없다.

– 아브라함 이븐 헤즈라

'너와 나는 둘이 아닌 하나'라는 말은 인류 역사에서 수많은 스승이 가르쳐준 진리다. 하지만 이것을 가슴으로 깨닫는 것은 쉽지 않다. 다른 사람을 사랑함으로써 모두가 형제라는 진리를 조금씩 깨달을 수 있다. 사랑을 체험하지 못하는 삶은 외로움뿐이다.

사랑은 거울

사랑은 거울처럼 서로 주고받는 것이다.

— 단테 일리기 에리

자기 자신과 대화하면서 속마음을 헤아릴 수도 있지만, 다른 사람에게서 자신의 속마음을 비춰볼 수도 있다. 만약 상대가 미워 보인다면 내 안에 싫은 마음이 있는 것이고, 상대가 사랑스러워 보인다면 내 안에 사랑이 있는 것이다. 특히 사랑하는 사람들은 서로를 더 잘 비춰준다. 마음속에 있는 기쁨, 사랑뿐 아니라 불안, 두려움을 그대로 보여준다. 사랑은 거울과 같다.

자신에게 달려있지
않은 일

자유에 이르는 유일한 길은 '자신에게 달려 있지 않은 일'에
신경을 쓰지 않는 것이다.

– 에픽테토스

자유는 무엇에 속박되지 않는 것이다. 스스로 통제할 수 없는
외부 상황에 신경을 쏟으면 자유로울 수 없다. 사실 신경 쓴다고
해서 달라지는 것도 없다. 어떤 것이 그렇지 않은지 구분해보자.
자신에게 달려 있지 않은 것, 현재 상황에서는 어찌 손써볼 수 없
는 것에 대해서는 마음을 비우고 할 수 있는 것에 집중하자. 그것
이 진정 자유로워지는 길이다. 나에게 달려있는 일에만 집중해야
한다.

조금 늦게 가도
괜찮다

멈추지 않는 한 조금 늦게 가는 것은 문제가 되지 않습니다.

- 공 자

　생각보다 늦다고, 기대했던 것보다 빨리 이루어지지 않는다고 조바심 내지 말자. 조금 늦게 가도 괜찮다. 오히려 늦게 가는 것이 성숙의 시간이 될 수 있다. 독일 문학의 거인 괴테는 어린 시절부터 신동으로 이름을 날렸지만, 『파우스트』를 완성하는데 60여 년이 걸렸다. 중간에 멈추지만 않으면 된다. 뜻이 있다면 반드시 일은 이루어지게 되어 있다. 멈추고 싶은 유혹이 생기면 잠깐 쉬면서 천천히 가자라고 생각하자. 다만 완전히 그만두면 안 된다. 조금 늦게 가도 좋다.

**천재는 집념과
노력의 산물**

나는 그렇게 똑똑한 것이 아니다.
단지 문제를 더 오래 연구할 뿐이다.

– 알베르트 아인슈타인

어떤 문제를 풀어내지 못하는 사람과 해결하는 사람의 차이는 포기하느냐, 포기하지 않느냐다. 끝까지 물고 늘어지면 해내지 못할 일이 없다. 미켈란젤로는 다비드상을 3년 동안 조각했고, 메디치 가의 묘비는 10년 동안 조각했다. 유명한 시스티나 경당의 〈최후의 심판〉은 6년 동안 그린 작품이다. 꼭 해내야 할 일이 있다면 포기하지 말고 끝까지 해내자. 천재는 집념과 노력의 산물이다.

알지 못하기
때문에 두려운 것

두려움은 항상 무지에서 나온다.

— 서양 속담

예측 가능한 위험은 크게 위험이 되지 않는다. 어느 정도 버티면 될지 알 수 있고 대비할 수 있기 때문이다. 눈에 보이는 적은 두렵지 않다. 보이지 않는 적이 더 무서운 법이다. 새로운 일을 할 때 주저하는 이유는 그 일에 대해 제대로 모르기 때문이다. 무엇이든 제대로 알면 크게 두렵지 않다. 그래서 경험과 지식이 중요하다. 두려운 대상이 있다면 그것에 대한 충분한 정보를 얻자. 알지 못하기 때문에 두려운 것이다.

하루 15분
독서의 힘

한 문장이라도 매일 조금씩 읽기로 결심하라.
하루 15분씩 시간을 내면 연말에는 변화가 느껴질 것이다.

— 호러스 맨

다른 사람과 비슷한 정도로 독서하면 다른 사람과 비슷한 정도
밖에 알 수 없다. 모든 독서가가 성공하는 것은 아니지만 모든 성
공한 사람은 독서가다. 새로운 정보와 지혜에 목말라하는 것도 습
관이다. 매일 조금씩이라도 글을 읽다 보면 관련 지식을 더 알고
싶어져 다른 책을 찾게 된다. 이것이 진짜 공부다. 외부에서 주입
식으로 주어지는 것이 아닌, 자신을 위한 진짜 공부를 시작하자.
하루 15분이면 충분하다.

감정의 파도

우리가 사랑과 외로움의 감정을 겪는 것은
바다에 썰물과 밀물이 있는 것과 같다.

– 칼릴 지브란

감정은 밀려왔다가 멀어지고, 멀어졌다가 다시 밀려온다. 연인과의 이별 때문에 죽을 것처럼 괴로웠다가도 시간이 지나면 어느새 그 감정은 원래 존재하지 않았던 것처럼 사라진다. 하지만 감정은 사라지지 않는다. 특정한 단어, 음악, 풍경등 작은 계기를 통해 없어진 줄 알았던 감정이 되살아 나기도 한다. 감정은 바다의 밀물과 썰물과 같다. 사랑과 외로움이 번갈아 밀려와도 너무 기뻐하거나 슬퍼하지 말자. 언젠가는 멀어진다. 감정의 파도는 그대로 지켜보기만 하면 된다.

남들의 평가

명성을 추구하면 타인의 비위를 맞추는데
인생을 경주해야만 한다.

― 스피노자

명성이라는 것은 헛된 이름이다. 나의 실체는 그대로인데 사람
들이 어떻게 평가하느냐에 따라 명성이 결정된다. 명성을 추구하
는 것은 실상이 아닌 허상을 쫓는 것이다. 남들의 평가에 목메면
눈치를 볼 수밖에 없고 자유에서 멀어진다. 남들의 평가에 목메면
나 자신은 사라진다.

현실의
충실한 자세

불운을 극복하는 유일한 방법은 열심히 노력하는 것이다.

– 해리 골든

운명의 장난은 막을 길이 없다. 아무리 하루 종일 긍정적인 생각을 하고, 부적을 수백 장 불살라도 일어날 일은 일어난다. 사건이 발생하는 이치를 모두 알아낼 방법은 없다. 그저 지금 할 수 있는 일을 해야 한다. 우주 섭리에 불평불만을 갖지 말고, 순간순간 최선을 다해 노력하다 보면 자연히 모든 일이 순리대로 풀려갈 것이다. 현실의 충실한 자세는 불운을 물리칠 열쇠이다.

고독과 고립은
차이점

고립은 타인으로부터의 도피가 아니라
자신으로부터의 도피다.

– 에릭 호퍼

고독과 고립은 다르다. 고독은 단련의 시간이며 한 단계 도약하기 위해 내면으로 빠져드는 시간이다. 어떤 이들은 창조적인 작업을 하거나 깨달음을 얻기 위해, 무엇보다 자신의 내면을 만나기 위해 스스로 고독을 선택한다. 고립은 고독과는 달리 특별한 목적 없이 그저 도피하는 것이다. 다른 사람들과 거리를 두기 위함이 아니라 자신에게서 도망치는 것이다. 우리는 적절한 고독과 자신과 마주하는 고립을 연습해야 한다.

한계는 스스로가
만드는 것

화가들이여,
그릴 수 없을 때 그려라.

— 조이스 캐리

한계에 다다랐을 때 좌절하지 않고 한 걸음 더 내디디면 한계를 극복할 수 있다. 화가라면 도저히 그림을 그릴 수 없을 때 붓을 잡고, 작가라면 한 글자도 더 쓸 수 없을 때 책상 앞에 앉자. 한계에 부딪혔다는 생각이 들 때 더는 나아갈 수 없다고 좌절감을 느낄 때야말로 성장할 수 있는 기회. 알 속의 새가 껍질을 깰 수 없는 것처럼 아무것도 하지 않는다면 영원히 세상 밖으로 나올 수 없을 것이다. 한계는 스스로가 만드는 것이다.

불안감을
이기는 법

현실을 제대로 인식하는 것만으로
심각한 불안이나 우울을 방지할 수 있다.

– 엘버트 엘리스

불안하고 우울하다면 무엇 때문에 불안하고 우울한지 그 이유를 글로 써보자. 몇 가지나 적었는가? 생각보다 이유가 많지 않을 것이다. 아마 그렇게 심각하지 않거나 실체가 없는 문제가 대부분일 것이다. 우리가 걱정하는 일은 현재 일어나고 있는 것이 아닌 경우가 많다. 과거에 있었던 일이나 미래에 혹시 일어날지도 모르는 일이 대부분일 것이다. 눈을 똑바로 뜨고 현실을 제대로 바라보라. 사실 아무런 문제도 없다. 현실을 직시하면 불안감을 이길 수 있다.

생각의 한계

나는 존재한 적이 없는 것들을 꿈꾸며 '왜 안 돼?'라고 말한다.

— 조지 버나드 쇼

　지금까지 존재하는 세상의 한계 안에서 살기를 거부하는 사람들이 새로운 세상을 상상하고 창조해 낸다. '안 돼'라는 말은 상상력의 부족이고, 게으름의 증거이다. 안 된다고 말하는 순간 한계를 그어버리고 그 안에 갇힌다. '왜 안 돼?'라는 질문 속에 창조의 힘이 들어 있다. 새로운 것을 만들어내는 창의적인 사람들은 다른 사람보다 어떤 문제와 관련해 더 많은 경험을 하거나 자신이 겪은 일에 대해 더 깊게 생각한 사람들이다. 생각의 한계를 두지 않는 것이 중요하다.

어려움을 즐기는
태도

길이 험하면 험할수록 가슴이 뛴다.

— 프리드리히 니체

크고 작은 어려움 앞에서 움츠러드느냐 더 나아가느냐 선택할 수 있다. 성공한 사람들은 하나같이 어려움 앞에서 주눅 들지 않았다. 오히려 더 강한 도전의식을 가졌다. 어려움 앞에서 '왜 이런 일이 나에게 일어나는 걸까' 하며 좌절하지 말자. '점점 더 재미있어지네'라고 생각해 보자. 어려움을 즐기는 태도는 나를 성숙시키는 원동력이 된다.

어려운 단어를
쓰지 말자

사람들은 어려운 말을 쓰면
어려운 것을 이해할 수 있다고 생각한다.

– 허민 멜빌

알아듣기 힘든 말, 어려운 단어를 쓰지 말자. 어렵게 강의하는 사람은 강의 내용을 제대로 이해하지 못했을 가능성이 높다. 그것이 아니면 스스로 어렵게 이해했기 때문에 쉽게 표현할 방법을 찾지 못한 것이다. 어려운 말을 쓴다고 자신이 높아지는 것은 아니다. 어려운 사실을 더 잘 이해하는 것도 아니다. 이해가 쉽지 않은 것을 쉬운 말로 설명할 수 있는 사람이 진짜로 아는 사람이다. 진짜 많이 아는 사람은 어려운 말을 쓰지 않는다.

행동의 원천은
각자의 신념

신념은 행동의 원동력이고, 삶의 구동력이다.
사람을 살아가게 하는 것은 신념이다.

– 프랜시스 켈리

삶은 사람들 간의 믿음으로 유지되고 발전한다. 아이는 부모에 대한 무한한 믿음이 있기에 그들에게서 모든 것을 배우고 익힌다. 하지만 자식은 언제까지나 부모가 전해준 생각으로만 살아가는 것은 아니다. 생존에 필요한 기본을 익힌 뒤에는 옳다고 믿는 신념을 따르며 자신만의 삶을 만들어간다. 단순한 생존이 아니라 현실을 만들어가는 행동의 원천은 각자의 신념이다. 사람은 신념으로 일어서고 나아간다.

감정에
휘둘리는 것

화내거나 불만스러워하는 자는 제물로 바쳐질 때
버둥거리며 비명을 지르는 돼지와 같다고 생각하라.

― 마르쿠스 아우렐리우스

분노에 휩싸인 사람의 눈은 평소와 다르다. 격렬한 감정의 노예가 되어 길길이 날뛰는 사람은 불쌍하다. 무엇인가에 불만을 표현하는 사람도 마찬가지다. 그들의 주변에는 자신을 해치는 에너지로 가득하다. 공분심, 의분심처럼 올바른 가치를 지키기 위한 분노는 현실을 바로잡는 힘이 될 수 있다. 하지만 사소한 일에 분노하는 것은 그 누구에게도 좋지 않다. 감정에 휘둘리는 것은 스스로를 해치는 일이다.

지나간 감정을
보내주는 방법

과거에서 멀리 떨어질수록,
자신의 인격 형성에 더 가까워진다.

– 이자벨 에버하트

때로는 과거가 족쇄가 되어 발목을 붙잡는다. 과거를 흘러 보내고 한 발짝 앞으로 나아가야 하는데, 기억과 감정에 붙들려 그 자리에 머물러 있을 때가 있다. 사실 과거의 사건보다는 그 일을 통해 느낀 감정이 문제다. 기억 속 시간은 기억 속에만 있을 뿐이다. 하지만 사건에서 생겨난 자신의 감정은 우리의 마음속에 살아있다. 그런 감정은 부정할수록 우리를 잡고 놓아주지 않는다. 지나간 감정을 보내주는 방법은 과거로 흘러 보내야 한다.

사랑은 결과가
아니라 과정

사랑하는 사람이 부족하더라도 수용하라.

– 존 가트맨

사랑은 결과가 아니라 과정이다. 마음에 들지 않는 상대의 개성을 허용하고 끌어안는 과정이다. 사랑하는 사람이 부족해 보이거나 단점이 싫을 때가 있다. 하지만 찬찬히 생각해 보면 부족한 것이 아니라 다른 것이다. 단점이 아니라 특성이다. 사랑한다면 커다란 그릇이 되어주자. 그 사람을 그저 끌어안아주고 수용해 주자. 사랑은 다른 것을 끌어안는 연습이다.

구체적인 목표가
꿈을 현실로

꿈은 그저 꿈일 뿐, 목표는 계획과 마감시간이 있는 꿈이다.

– 하비 맥케이

꿈이라고 하면 막연하다. 꿈을 구체적인 목표로 쪼개서 관리해
보자. 가령 파일럿이 꿈이라면 우선 자격 요건을 파악하자. 비행시
간 몇 시간 이상, 비행훈련이 가능한 항공학교를 가기 위해 필요한
것, 해외에 학교가 있다면 필요한 영어 점수 등을 꼼꼼하게 확인하
고 언제까지, 무엇을, 어떻게 해야 할지 구체적인 계획을 짜는 것
이다. 구체적인 목표가 꿈을 현실로 만든다.

삶의 주인으로
살기 위한 마음가짐

이르는 곳마다 스스로 주인이 되는 현실을 창조하고,
선 자리가 모두 진실해야 한다.

– 임제의현

자신이 처한 상황을 냉정하게 관찰하고 현실을 있는 그대로 받아들이는 것에서부터 진짜 내 삶은 시작된다. 주어진 환경에서 어떻게 하면 스스로 주인으로 우뚝 설 수 있을지 생각해 보자. 어쩔 수 없는 것은 놓아 버리고 내가 주인이 될 수 있는 상황을 만들자. 거짓으로 사는 삶은 결국 자신을 무너뜨리고 만다. 어디서나 자기 자신이 되어야 한다. 내 삶의 주인으로 살아가기 위한 마음가짐을 해보자.

다른 사람의 감정

자기가 하고 싶지 않은 것은 남에게도 시키지 마라.

― 공 자

자기 입장에서만 생각하면 다른 사람의 감정을 헤아릴 수 없다.
남에게 무엇을 시킬 때는 먼저 그것을 자신이 하고 싶은지 깊게 생
각해 보자. 조금이라도 거리낌이 있다면 시키지 않는 것이 좋다.
사회적인 권력관계에서 충분히 시킬 수 있는 입장이라고 하더라
도 말이다. 이런 깊은 생각이 없는 행동은 자칫 '갑질'이 될 수 있
다. 사람은 다른 사람의 감정을 헤아릴 줄 알아야 한다.

행동은 정신의 방향

말이 아니라 행동이 나를 대변할 것이다.

– 존 플래처

　　말과 행동은 모두 정신의 결과물이다. 하지만 차이점도 있다. 말은 하기 쉽고 꾸미기도 쉬우며 그냥 흘려버릴 수도 있다. 반면에 행동은 꾸미기 힘들고 되돌릴 수도 없다. 말로만 사랑한다고 하는 것보다 그 사랑을 행동으로 보여주었을 때 상대방은 더 감동한다. 말보다 행동이 더 영향력이 강하다. 행동은 정신의 방향이다.

인생은 상대평가가 아니라 절대평가

성공은 자신이 하고 있는 일을 다른 사람과 비교하는데
시간을 낭비하지 않는 사람에게 찾아온다.

– 알프레드 아들러

인생은 상대평가가 아니라 절대평가다. 각자의 삶에 주어진 문제와 답은 모두 다르다. 그런데도 사람들은 다른 사람들과 자신을 비교하는데 너무 많은 시간을 낭비한다. 많은 사람이 내 삶의 과제가 무엇인지도 모른 채 이리저리 휩쓸리다가 나이만 먹어간다. 옆 사람의 인생 시험지를 기웃거리는데 에너지를 빼앗기지 말고 내 삶의 과제를 해결하는데 집중하자. 비교하는 대상은 과거의 나, 자신이어야 한다.

부모는 자식이
쉴 수 있는 그늘

부모의 이루지 못한 삶만큼 주변, 특히 그들의 아이들에게
심리적으로 강한 영향을 주는 것은 없다.

– 카롤 구스타프 융

부모의 실패에서 벗어나야 한다. 부모가 그들이 이루지 못한 꿈
을 은근히 강요한다고 하더라도 그것에 영향을 받지 말아야 한다.
각자의 이야기를 써 내려가는 것이 삶이다. 다른 사람의 이야기를
대신 써 줄 수는 없다. 설사 그 대상이 부모라 하더라도 마찬가지
이다. 우리 모두에게는 각자의 꿈이 있다. 부모는 자식이 각자의
꿈을 이룰 수 있도록 쉴 수 있는 그늘이 되어줘야 한다.

무의식은 자신이
소유한 무한한 능력

지식의 확장은 의식을 무의식으로 바꾸는 것에서 생겨난다.

– 프리드리히 니체

우리가 의식하는 것은 전체의 일부에 불과하다. 일상에서 자가용을 운전하거나 자전거를 타는 것과 같이 자동적으로 이루어지는 일은 무의식에 각인되었기 때문이다. 대부분의 일을 의식적으로 행한다고 믿고 있지만, 평소 하는 일 중 가장 잘하는 것은 무의식적으로 이루어진다. 원하는 것을 정확하게 무의식에 새기면 그것이 현실화된다. 무의식은 자신이 소유한 무한한 능력의 원천이자 나를 확장하는 가능성이다.

건강한 욕구는
성장을 위한 동력

모든 욕구와 요구는 '동기부여'가 된다.

– 에이브러햄 매슬로

누구에게나 무엇인가를 원하는 욕구가 있다. 그 욕구가 사회적으로, 도덕적으로 크게 문제가 되지 않는다면 그것을 억누르거나 죄의식을 가질 필요가 없다. 건강한 욕구라면 꼭 성취하도록 노력해야 한다. 건강한 욕구를 따르는 것이 곧 삶이다. 욕구를 자신의 성장을 위한 동력으로 활용하자. 스스로 동기부여하는 가장 좋은 방법은 자신 안의 욕구를 인정하고 그것을 끌어안는 것이다. 욕구를 활용하자. 건강한 욕구는 성장을 위한 동력이다.

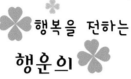

행복을 전하는
행운의
네잎클로버

행복을 전하는

행운의
네잎클로버

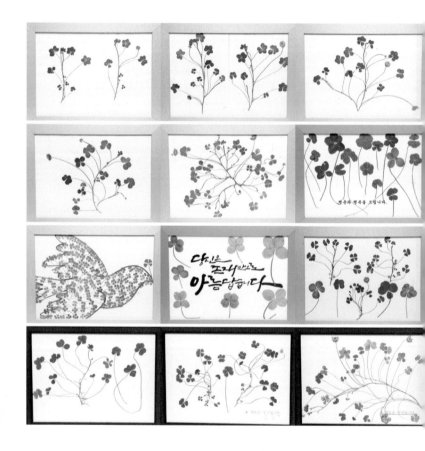

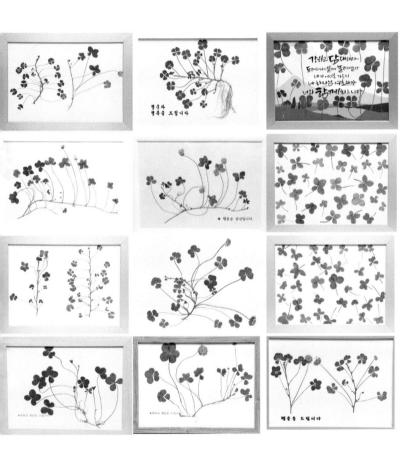

행복을 전하는
행운의
네잎클로버

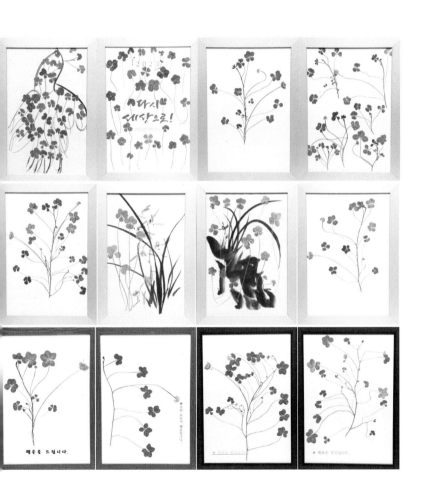

행복을 전하는
행운의
네잎클로버

행복을 전하는
행운의
네잎클로버

✖ 내 삶의 인생에서 만난 행운

행복 전달
네잎클로버

행복 전달
네잎클로버

SALT

풀꽃시인과 함께하는 시(詩)야 놀자!

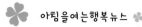

아침을 여는 행복 뉴스

행복한 하루
즐거운 오늘

| 초판 1쇄 인쇄일 | 2024년 10월 12일 |
| 초판 1쇄 발행일 | 2024년 10월 21일 |

엮은이	우중식
편집/디자인	정구형 이보은 박재원
마케팅	정찬용 정진이
영업관리	한선희 이민영 한상지
책임편집	정구형
인쇄처	으뜸사
펴낸곳	국학자료원 새미(주)
	등록일 2005 03 15 제251002005000008호
	경기도 고양시 덕양구 권율대로 656 원흥동
	클래시아 더 퍼스트 1519,1520호
	Tel 02)442-4623 Fax 02)6499-3082
	www.kookhak.co.kr
	kookhak2010@hanmail.net
ISBN	979-11-6797-203-3 *02810
가격	13,500원